イ・ダヘ／オ・ヨンア 訳

仕事帰りの心

私が私らしく働き続けるために

かんき出版

퇴근길의 마음
The feeling on the way home from work
By LEE DAHYEH

Original Korean edition published by BIG FISH BOOKS INC.
Japanese translation rights arranged with BIG FISH BOOKS INC. through BC Agency.

プロローグ

あなたと私の毎日の気持ち

人の心ほど難しいものはありません。人は「自分の気持ち」に照らし合わせて、相手の気持ちを読み取りがちだからです。人の数だけ心もあります。だから、こちらが相手の心をありのまま受け入れられないこともあれば、相手がこちらの心をそのまま受け取ってくれないこともあるでしょう。仕事量が多いのは耐えられます。でも、人が相手の仕事となると、いくら経験を積んでも毎回新しくて難しいものです。コミュニケーションのとり方が20年前と10年前、そして今とでは変わってきていますし、世界も変わっていくと同時に、自分自身のポジションもまた変わっていくからです。

私は長年、映画専門誌の記者として常に締め切りに追われるかたわら、映画や文芸、キャリアと仕事、文章の書き方などをテーマにエッセイを書いたり、講演をしたり、また、ポッドキャストやラジオなどのパーソナリティも務めてきました。

本当のことを言うと、自分自身の気持ちを扱うのが一番難しいかもしれません。体調を崩して以来、なによりも健康が一番だと思っていたのですが、回復すると喉元過ぎればなんとやら。眠る前にスマホを見ないように努力しているものの、なかなかうまくはいきません。ミラクルモーニング（早起きの習慣）どころか、目覚まし時計を5つセットしてようやく最悪の事態を免れてどうにか起き上がるというありさま。ウェブ小説の主人公は人生の目標がはっきりしていてたくましいのに、私は目標を一つ立てても、よそ見ばかりで何一つ達成できていません。いつかおもしろい人になりたいし、周りの人からも好かれたいし、お金もほしいし、健康でいたいし、魔法のようにキャリアも上昇させたいと願っています。でも、生きていれば直面するあらゆることをちょっとずつ叶えたいと願うのは、目標とは言いません。おもしろいと感じた瞬間を続けていくためには努力が必要だし、退屈に感じられるような毎日を続けていくためには、もっと根気がいるでしょう。こんな自分自身をなだめつつ、ほかの人たちとも一緒に働かなければなりません。目標を達成して、山あり谷ありの過程を乗り越えていくために、ありとあらゆることを試みるのです。

仕事の勝敗となると、もっと多くのことが求められます。もう少し要領があればうまくいくと思っていたのに、一番大切なのは、実は誠実さだったという経験もあります。本気で取り組んだ経験もあれば、いくらがんばってもだめなものはだめということもありました。口ではもう仕事なんてうんざりと言いつつ、心では仕事が私から離れていってしまうんじゃないかと不安でした。こんなふうに思っているのはきっと私だけじゃないとわかっているから、仕事と向き合って、この気持ちを分かち合える仲間をいつも探しているのかもしれません。

私はこれまでずっと、一人でもしっかり仕事のできる人になりたいと思ってきました。ここ数年は、できることならこの先長く「一緒に」働きたいと思ってもらえる人でありたいと思うようになりました。組織に属していようといまいと、誰だって一人では仕事はできないのだし、「一緒に」働ける信頼もまた、組織が与えてくれるものではありません。自分の限界を受け入れて、ほかの人たちと力を合わせてつくりあげていけるシナジー効果についても、深く考えるようになりました。

人とのつながりについてもまた、はっきりさせるべきときは、はっきりさせなければならないと思うようになりました。その仕事にかかわる人数が多いほど、人の立場もそれぞれにあって、成功や失敗も受け止め方次第です。今日成功したやり方が明日は通用しないかもしれないし、今日仕事をめちゃくちゃにした人が明日は大きなことを成し遂げる可能性だってあります。過去にずいぶんがっかりさせられたことがあったせいで、仕事ではもう会うこともないだろうと思っていた人とまた一緒に仕事をすることになり、あのときのことは誤解だったとわかる場合もあります。だからといって、私自身が包容力のある人になったのかどうかはわかりませんが。

ただはっきりと言えるのは、みんなもっとちゃんと休んだほうがいいですよ、ということかもしれません。燃え尽き症候群という言葉は40代の中間管理職だけでなく、20

代の新入社員たちからも聞こえてきます。休息さえもが生産性云々で語られるような昨今です。その日のルーティンを終えてほっとして休むことについてぼんやり考えるよりも、勉強であれ投資であれ余暇であれなんであれ、戦闘的な姿勢で臨まなければならない時代になっています。自分を大切に生きるために、働くために、人はどうあるべきなのでしょう。そんなことを思いながらこの本を書きました。この本が私を救ってくれたように、あなたにとっても何かちょっとした助けになれたらと願っています。

私たちがそれぞれの場所で頼れるパートナーとして、日々生活する人として、互いをリスペクトしあえたらと思うのです。実力、信頼、リスペクトする心があれば、私たちはもっと長くフィールドで活躍できるはず。今日もどこかで奔走するあなたの一日を応援しています。

イ・ダヘ

目次

1章 「今日」を生きる

2

会社を辞める前に仕事ができるようになろう

3

◇

危機のときこそ輝きを放つ人

4

☆

自分を見失う前に、疲弊する前に

5

キャリアの次を準備する方法

ブックデザイン／山田知子＋chichols
装画／MIKITAKAKO
DTP／Office SASAI

1

「今日」を生きる

淡々と最善を尽くす方法

やりたい VS. やらなければならない VS. やる

今までは、これがやりたいという思いこそが、自分を動かす原動力だと思っていました。その次は、やらなくちゃという義務感こそが社会がまわっていく秘訣なのだと信じていました。そして今は、気分や理由とは関係なしに、やるべき仕事こそが毎日の暮らしを支えるのだと自分自身に言いきかせています。これが、仕事にまつわるさまざまな質問への答えです。

「どうやったら疲れずに働き続けられますか？」
「ただやるんです。あまり考えすぎないように気をつけています」

年齢を重ねると、なんでもシンプルになるものなのでしょうか？　それを知るには、私は若くもなければ、老いてもいません。ちょうどいいというよりも、中途半端な年齢なのかもしれないなと思います。そういうときは、とりあえず考えるのをやめます。ちょうどいいか、そうでないかを突き詰めていくとすぐに、ちょうどよくなんかない、という結論にたどり着いてしまうからです。

好きな仕事をしなさい、というこの言葉は正しくもあるし間違ってもいます。問題は、社会経験を積む前から、やりたいのかやりたくないのか悩むことに多くの時間を費やしてしまっている点です。何かの仕事を好きになるには、まず、ある程度の熟練さが必要です。それを身につける前から好きかどうかを決めようというのは、表面的な才能や未知の経験をもとに判断するほかなく、無理があるというもの。やりたい、やりたくない、というのをきちんと見極めるには、ある程度の経験があって初めて判断できるのであって、経験していないのに決めてしまうと、やらないための言い訳をつくるために（今は）やりたくないんだと思い込んでしまいがちです。そもそも「やりたい」という気持ちだって、無謀の産物かもしれないのです。

「しなければならない」という言葉が身に染みてわかるようになったのは、社会人になって3年とちょっと過ぎたころでした。この時期は、どう仕事をすべきかが見えはじめた段階でもあり、本来の実力よりも自分を過大評価してしまいがちな時期でもあります。周りから転職に誘われはじめるのもこのころからです。「やりたいことは重要じゃない、やるべきことをやるだけだ」と、突然老将のような気分になりつつも、やりたいという気持ちに蓋をして、やらなくてはならないことをてきぱきと片づけていく能力主義にはまっていく。望んでいなかった仕事ですら思いのほかスムーズにやり遂げてしまったりもします。あの当時の自分を思い出すとこんな感じでした。働く私と会社の外での私を切り離すことが難しかったし、切り離す必要すらありませんでした。認めてもらえることが嬉しかったし、もっともっと成長したいと思っていました。だから仕事で「やるべきこと」を決めたら、あれこれ疑問を抱いたりせずどんどんこなしていく、「働く私」がそれなりにかっこよく見えてもいたのです。

そして今。私はおもしろいこともやってみたし、しなければならないことだって無理してやってきました。体とメンタルの老化についても少しずつ考えはじめなければならなくなって、以前みたいに徹夜をしたり、座りっぱなしで半日仕事に没頭したりはできなくなりました。集中して仕事をするための準備時間がだんだん長くなった、と愚痴る友人も増えてきました。やりたいという気分を盛り上げようと努力したり、やらなくちゃという義務感をモチベーションにしたりしてみようともしましたが、結果として今の私は、ただ「やる」ということに重点を置くのに必死になっています。やると決めたことはただやる。気分に任せてもだめだし、無理やり自分に強制してもだめ。私よ、やることにしたんだからこれはやろうよ、という具合に。だからこそ、計画を立てるのが重要になってきます。やろうとしたことをやるなら、無理な計画を立ててはだめで、細かい仕事を詰め込みすぎてもいけません。毎日達成感を感じつつ、幻滅しない程度に翌日の計画を立てられるようにしておきます。ときには旬のほうれん草でパスタをつくって食べたりするのも日課に入れて。運動もします。締め切りのある原稿の下書きをする日も決めておいて、脱稿の日も書いておきます。今の私のスケジュールは、仕事にまつわることばかりではありません。

一段階、階段を上ったように感じてほっと一息ついてみると、まだまだ進むべき道ははるか遠く、相変わらずため息がでてしまいます。しばし嘆息したら再び、今日やると決めたことをチェックし、できる限り一つでも多くやっておくのです。明日の私のために。明日の私に今日の私が恨まれないために。

どれくらいのものを得られるか計算するより、私自身が何をしてあげられるかを考えるべきときというのがあります。安定を手に入れるために、(成し遂げられたとしたらものすごく誇らしかっただろう) ある目標達成の可能性は遠のいてしまいました。ある意味、自分の好きなように生きていくために、親が望む安定した人生を諦めたともいえます。会社に勤めるか、辞めるか、一人で働くか、誰かと一緒に働くか、今やっている仕事を続けるか、新たな挑戦をするか。こうしたあらゆる瞬間に何かを得るという選択と同時に、何かを諦めるという選択もしているのです。取り返せないあの日々があるから、今の私がいるのです。過去のせいにしたいときは、未来のためにもっとがんばろうと考えるようにしています。これは、社会人として生きていく私が淡々と最善を尽くす方法です。

しばし嘆息したら再び、
今日やると決めたことをチェックし、
できる限り一つでも多くやっておく。
明日の私のために。
明日の私に今日の私が恨まれないために。

毎日しっかりと、小さな峠を越えながら

私たちは他人の人生については、ぼんやりとしたイメージしかもっていません。不安な世界の人たちすべてを幸せにする方法について語るより、私自身を不安から救ってくれた方法について話してみたいと思います。

私にとって不安というのは、いつも未来形のぼんやりとした形をしています。はるか遠い未来や自分が手にできないあらゆるものに圧倒されるような感情に名前をつけるとするなら、不安と似た形をしているような気もします。その背景にはさまざまな事情もあるでしょう。育った環境だとか、自分の職場環境だとか、そういったもの。ぼんやりしたものというにはあまりにも暗くて重たいその悩みの塊を、どんどん膨らませてしまうこともありました。いっそ、すべて諦めるほうが楽なんじゃないかと思っ

たことだって一度や二度じゃありません。簡単なほうを選んだほうが、勝算があるのですから。不幸や不運、不安に慣れていくほうがずっとましなんじゃないかと。

結論から言えば、幸せになるために努力するよりも、そもそも、幸か不幸かで世界を見つめることをやめにしたのです。誰かからの評価が低かったり、仕事をもらえなかったりしたとしても、生き続けていかなければなりません。人生は1を与えれば1をもらえるゲームではなく、10を注ぎ込んでも赤字になる場合だってある。もちろん、その反対だってありえます。注いだ努力よりも手に入れた収穫のほうが大きい場合だってあるでしょう。そういうときは、運よりも自分の選択や実力のおかげだと思ってしまいがちです。でも、試行錯誤を繰り返していくうちに、幸でもって不幸は相殺されるようになっています。ある不幸な出来事は別の良いことで代替はできないし、ある良いことは、自分が手掛けたことなのに再現は不可能なのです。幸運と幸福ばかり追い求めるあまり、自分の意見を抑え込んだこともあれば、昼夜をいとわず努力したこともあります。きっと、こういうのを「頭が悪いと体が苦労する」というのでしょう。

資産価格のインフレがすさまじい時代に生きていると、あの人にはあるのに自分にはない、と比べてがっかりしてしまいがちです。「そんなときは、気持ちを楽にもちましょう」といったメンタルケア的なアドバイスは、実は役に立たないと思っています。その代わり、昨日の自分と今日の自分を基準にしてみるのです。ここには、ぼんやりとした不安の影ではなく、はっきりとした暮らしの瞬間、瞬間があります。私は最近になって何度も途中で挫折してきた運動をまた始めました。才能もなければ、努力したからといって上達するわけじゃない運動の一つが、私の場合は水泳でした。この新たな試みを諦めずに続けることが一つ目の目標になりました。水泳のコーチによれば、力強いバタ足でも速いバタ足でもない、長く続けられるバタ足が一番望ましいのだそうです。かっこいい説明ではありますが、水の中ではなかなかうまくいきません。もしかしたら、私は水泳ではなく、諦めない方法を学んでいる最中なのかもしれません。

二つ目は結果をすぐに決めつけてしまわず、まずは試してみること。年齢を重ね経験を積んでいくと、どうせ結果はわかりきっていると思い込んでしまいがちです（予想はいつだって悲観に向かいます）。関心をもって努力すること。この世にはまだ私の好きな、私にとって良いことがもっとあるんだと信じて生きること。おもしろそうなことがありそうなところに近づいていく。うまくいくか、そうでないかを先取りして心配しないこと。大変だと思う瞬間が後になって楽しかった日々として記憶されるケースだって少なくないのですから。経験の途中では、最終的な評価は下せません。経験そのものに向き合う姿勢次第で、その結果はいくらでも良くもなれば悪くもなるものです。

そして、視野を遠くから身近な場所へ移してみましょう。今日やることと今日出会った人たち、今日読む本と今日観る映画。失ったものと手に入れられなかったものについて考える時間を減らして、できることから始めるのです。一晩にしてこの世が自分にとっていい方向にばかり流れてはいかないでしょう。でも、どこからか救いの手が差し伸べられるかもしれないと期待する代わりに、自分でつくりあげられる一日を誠実に生きることはできる。そうしていればふと、満足感と幸福感で心が満たされてきます。ドラマチックじゃないかもしれないけれど、確かな解決策です。

好きな気持ち、好きになろうという気持ち

よく聞かれる質問の一つに、仕事のために映画を観たり本を読んだりするのはつまらなくないですか？　というのがあります。答えは、「いくら観ても飽きない」です。どの作品もすべて異なります。むしろ仕事として映画を観る前や本を読むようになる前は、今よりも、もっと適当に観たり読んだりしていたような気がします。

映画だからおもしろいだろうし、本だって、おもしろいのだろうから、そんなふうに答えるのだろう、と思われるかもしれません。でも、私が実際に会社でやっている業務は、毎週一日は徹夜することです。早くて夜中の12時、遅いときで夜中の3時に帰宅します。一番遅かったのは、出勤してから二日後の夜8時でした。これでもまだ、映画だから、本だから、飽きることなく好きでいられるのだろうと言えますか？

新入社員のころ、部長はすでに白髪の先輩でした。怒ったりせず、いつもやさしく微笑んでいるタイプで、その部長から学んだもっとも大切なことは「働く態度」だったように思います。当時はちょっともどかしく感じたのも事実ですが、その上司は心から原稿を読むのが好きでした。いくら夜を徹して朝になってしまっても、おもしろい原稿を読むとおもしろいと感嘆してくれました。正直に言うと、あのころはわかっていませんでした。何がそんなにおもしろいのか。出勤して24時間が過ぎても家に帰れないのは人権問題じゃないのか。そこまで無理して働くのはいいことじゃないと。私は無理して働くことがこの世で一番嫌いです。でも、仕事をしながら楽しみを見つける才能には学ぶべきものがありました。

「もともと好きなことだったけれど、仕事としてやってみたらおもしろくない」という考えこそがおもしろくないのではないでしょうか。仕事は仕事で、おもしろさはおもしろさです。自分がいつもおもしろさを見出していた分野の仕事をすれば、誰よりもそのおもしろさを率先して見つけられる人になれるのではないでしょうか。

誰だって「おもしろさ」のある仕事をやっているはずです。単純な繰り返し作業や、とても複雑なプロセスを集中して延々とやらなければならない仕事であったとしても。いわゆる、仕事におもしろさを見出す、というのは言葉遊びにすぎません。でも、その仕事のもつ性格だけで仕事を選んでいるわけじゃありませんよね。あるときは人、あるときは将来性、あるときは給与や福利厚生。また、あるときはそうしたすべてに満足できず、すぐに次のステップに移るぞと心に決めて働く場合もあります。こういうとき、「自分を今までよりもっといい場所に連れていってあげるぞ」という心持ちでいると、仕事におもしろさを見出せるような気がします。もっとスマートに、もっとスムーズに、ミスを減らして成長し続けること。不器用でミスを連発していたときよりも能力値が高まってくると、確実に仕事に楽しさを感じたり満足できたりするようになります。私の場合、仕事がおもしろいと感じるのは、映画を観ているときではなく、激務にもかかわらずどうにかこうにかミスをせずに大きな仕事を無事にやり遂げたときでした。

とはいえ、この世のすべてにおもしろさを見出せるのかといわれたら、よくわかりません。どうかあなたが、どれか一つでもいいから、楽しみを見つけられる場所で働けますように。

ツイッター〔現X〕発のアドバイスによれば、何をしてもだめなときは、運動をするか、語学を学ぶか、お金を貯めるかするといいのだそう。こんな素晴らしい解決策を私は今さらながら知りました。

信頼はセルフサービスで

私はちゃんとやっているという確信が必要なとき

自分はこれでいいんだという確信がほしいなら、まず去年は何をしたのか、5年前の今ごろ、どんなことを考えていたのか思い出してみましょう。昔のスケジュール帳やカレンダーアプリなどを振り返ってみて、当時と今の自分がどう変わったのか考えてみるのです。今の仕事を始める前のあなたがどんな状況だったのか、どんな不安を抱えていたのか。とはいえ、過去の自分を比較対象にする方法は、永遠に使えるわけじゃありません。この世に挫折のないキャリアというのは存在しないからです（早死にするならまだしも）。

私はフィードバックが大切だと思っています。私にとって大切な人たち（重要な人とは若干意味が異なるということを強調しておきます）がフィードバックを求めてくるときは、いつも誠心誠意応えます。私の好きな人が本を出したとき、何か新しいことを始めたとき、会社で昇進したり新たなプロジェクトを任されたりしたとき、そんなときに意見を求められるのはなによりも嬉しいものです。でも、相手が望まないのであれば、必要としないのであれば、あえてこちらから何か言ったりはしません。フィードバックとおせっかいは紙一重です。

あなたにポジティブなフィードバックをしてくれる人が少ないのだとしたら、仕事の仕方を一度考えてみたほうがいいでしょう。家族よりも多くの時間を一緒に過ごしている同僚たち、長い間取り引きしてきたクライアントをはじめ、成果について話し合う人たちについて考えてみましょう。あなたの不安を打ち明ける人を考えてみましょう。ロールモデルやレファレンスしたい人がなぜ自分にはいないのかなんて考えたりしないで、あなたと似たような環境で働く人たちを見つけて、彼らのやり方から何か学ぼうとしてみるのです。あなたはそういう人たちとともに成長してきたはずなのだから。互いに確信しあって一緒に成長していける関係が理想です。

履歴書や経歴書も、自分のための用途別にまめにアップデートしておきましょう（実際に転職で使う履歴書は経歴の主要内容だけを簡潔にまとめるものですが、自分のためにもう少し細かく書いておいても大丈夫）。一年の終わりに、これからの計画を立てるのと同じくらい重要な作業は、記憶が薄れてくる前に「今年の自分」を整理すること。どんな仕事に参加したのか、成果はどうだったのか、その後一緒に働いた人たちは今何をしていて、自分はどんな変化を経験したのかなどを書いておきます。こうした詳しい話をすべて知っているのはあなたしかいません。自分を褒めてあげるチャンスを自分に与えてあげましょう。

あなたと似たような環境で
働く人たちを見つけて、
彼らのやり方から何か学ぼうとしてみよう。
あなたはそういう人たちとともに
成長してきたはずなのだから。

楽しんでいる（ように見える）人

誰にとっても仕事はつらいもの。キャリアを積むにつれて簡単になる仕事もあるものの、重要な仕事を前にするとむしろ経験の長い人のほうが緊張する場合もあります。仕事の重要度を誰よりもわかっているからです。好きな仕事をしている人も、仕事をしている瞬間は、鑑賞する立場で楽しむというよりも厳格な立場で仕事をしようと努めます。仕事は「私がしたいように」ではなく、「しなければならないとおりに私が」するものなのです。専門家は他人のパフォーマンスを見ているときも、実は具体的な技術を見ています。好きだ、好きじゃないという要素にとらわれていては、プロフェッショナルとはいえないのではないでしょうか。

プロフェッショナルは、気分やコンディションに振り回されたりはしません。テレビ業界ではこうした人たちによく出会います。番組オンエアを見ると、よくないことがあったのか、体調が悪かったのかなんていうのはわかりません。これは誰もが身につけるべき姿勢なのでしょうが、韓国の職場カルチャーを見てみると、具合の悪いときは悪いといって仕事を休むべきだし、不快なときは不快だと問題提起すべきだと思います。自分の正直な感情を無視して仕事を生活と完全に切り離してしまうと、その果てには燃え尽き症候群が待っているからです。

ところが、不思議なほど自分の仕事を楽しんでいるように見える人たちがいます。「楽しむ人」ではなく、「楽しんでいるように見える人」という点について話してみましょう。仕事関係の人たちと話す態度や、自分の仕事に集中するやり方などが彼らを魅力的に見せているのでしょう。その人と一緒に働いたらなんだか楽しそうだなと思わされます。結果がよければそれにこしたことはありませんが、もし結果が期待以下だったとしても、なんのための仕事なのかに価値を置く人とは、当然、また次も一緒にやってみたくなるものです。

たった一つの苦手なことよりも、9つの得意なことに集中しよう

よりによって私は雑誌の締め切りに追われる仕事で、ほぼ20年間一週間に一日は徹夜をしています。それでも最近は締め切りを早めに終えて帰宅しようとすると夜11時、遅くても深夜1時をまわっていますが、この時間帯になると集中力も落ちてきて、イライラしがちです。退勤するときはだいたい終電も過ぎているし、近すぎてタクシーも乗せてもらえないので、30分ほど歩いて帰宅するころには目の前に辞表がちらつきます。いつも強い気持ちをもって働いていると言いたいところですが、実はそうじゃありません。現実では、毎週こんなふうに辞表を胸の奥に抱えて残業している。これはきっと、私一人だけではないはずです。

やっと締め切りが終わると、今度は気に入らないことから目につきはじめます。締

め切りから二日目、目を開けた瞬間から後悔の波が押し寄せます。原稿をああ直せばよかった、タイトルをこうすればよかった、イラついて話したりするべきじゃなかった……こういった後悔があふれて起きるときには、胸が苦しくなっています。体は眠たいのに、メンタルは覚醒状態というわけです。

人間の脳は成功した記憶よりも失敗した記憶に敏感なのだそうです。問題はその失敗の記憶が一晩中、あるいは真夜中にやってきて突然、未来が不安になって意欲をそがれる点にあります。

こうした不安に耐えられなくなって、ある日カウンセリングを受けに行きました。

「このところ仕事が多くて、仕事を終えてもちゃんと終えられたような気がしなくて不安になるんです」と伝えると、カウンセラーの先生は笑いながらこう言いました。

「それはごく自然な反応だと思いますよ。予定していた仕事はすべて終わらせたんですよね？」

「はい」

「特に問題はなかったわけですよね？」

「はい」

問題なく終わった仕事を思い浮かべながら「よくやりきった」ではなく、ありもしない足りなかった部分を想像しているのが真夜中3時の私です。忙しくて仕事に追われているときは完成した仕事を振り返る余裕がないものだから、不安だけが膨らんでいきます。そして、カウンセラーの先生によれば、それは「自然なこと」なのです。自然なのだから我慢して働けという意味ではありません。激務を終えるとメンタルが敏感になりやすいので、できるだけ働きすぎないように、休むべきときに休みなさいということです。

うまくいかないように思えるたった一つの何かが心にひっかかって、それがどんどん膨らんできたら、うまくいった9つのことを思い浮かべてみましょう。だめだったことを改善するよりも、うまくいったことを続けようとする心がけが、私たちをもっと幸せにしてくれるはずです。

今回は残念ですが、次回はぜひ

人というのは感情や先入観に振り回されることがあります。ポジティブな結果が予想される客観的な指標を見せてあげると言われても、不確かな人と不透明な仕事をやってみようとはしないものです。有名な人は有名な分、先入観の対象になり、無名な人は無名な分、偏見の対象になる。必死にプロジェクトを進めたとしても、たった一人の反対ですべてが水の泡になることもあります。

でも、相手が否定的な態度だからと、こちらが低姿勢になる必要はありません。あなたは今、同等のパートナーとして仕事をしようとしているのですから。交渉は成功に向けてのファーストステップにすぎないのです。

私たちにはいつだって次のチャンスがあります。断るときには、次の機会を約束する簡単なメールやメッセージを送っておくのもよいでしょう。

ある友人は、何度も説得されたのにもかかわらず、結局、一度承諾した仕事を最終的に断ったことがあったそうです。理由は相手の仕事のやり方と自分のスタイルが合わないと判断したからなのですが、その後、先方から新たなプロジェクトを知らせる簡潔で丁寧な案内とともに挨拶メールが届いたのです。友人のNOを受け入れた相手側の態度が、再び友人の心を動かしました。「今回は自分のほうが相手から学んだ」という友人の言葉が印象的でした。そういう人となら、もし次の機会があれば誰だって一緒に仕事をしたいと思うものです。

サバイバーの法則

映画『ハート・ロッカー』はイラクで特殊任務を遂行する爆弾処理班の物語です。映画が始まるとすぐに、爆発事故で分隊長が殉職したチームに新たな軍曹ジェームズが送り込まれます。彼はかなり独善的で神経質なタイプ。ある日、彼は上官から質問されます。

「これまででいくつになる？　処理した爆弾の数のことだが」

正確にはわからないものの、ジェームズは８７３個だと答えます。驚いた上官は「どうすればそんなにたくさん処理できるのか？」と尋ねました。ジェームズの答えはシンプルです。

「死ななければいいんです、大佐」

キャリアとはだいたいこういう具合なのです。生き残った人だけが語るチャンスを手に入れる。ならば、どうしたら生き残れるのでしょう？　死ななければいいのです。これはヒーロー物語的なモチベーションとはまったく関係ありません。

キャリアというのは、業界で生き残った人が過ぎ去った時間を振り返って描き出したラインのようなもの。振り返ると道ができているけれど、歩いている瞬間には道のない場所をはいずりながらなんとか前に進み、ときには後ずさりしながら原点に戻ってしまうこともある。迷った瞬間ですらも振り返ると、それっぽい歴史の一部になっている。生き残ることができて初めて、どこであれ到達できるのです。もちろん、生き残ることばかりに気をとられていてはおもしろくないし、能力のないままよどんだ水になりかねないともいえませんが。それでも死体よりは生きている人間のほうがましです。

私のトリセツ

私はかなり不安度の高いほうです。もう長く働いていますし、いくつもの仕事を何人もの人たちとやっているので、不安をうまくコントロールしていると思われがちですが、本当は泣きながら働いているんです。仕事を始めるときも、仕事を終えるときも、仕事が公開になるときも、リアクションを待っているときも、いつも不安なほうです。だから友人たちから「もう考えるのやめなよ」と言われます。じっとしていると、今やっている仕事にどこか間違いはないかどうか考えてばかりいます。心配するだけで終わりなら別にいいのですが、仕事というのはいつもうまくいったりいかなかったりの繰り返し。だから心配も尽きないわけで。私の場合、何かトラブルが起きたときに備えて準備ができていないんじゃないかと心配になるのですが、準備を完璧にしておいたとしても、準備していたとおりのトラブルが起きることはありません。それなのに、トラブルが起きる前に想像して心配して、仕事をしている間には緊張するあまり心配して、トラブルが起きてからはどれくらい深刻なものになってしまうのかとまた心配します。何も望んでこうしているわけじゃないのに、仕事を続けるにつれて、自信がつくのと同時に心配事も増えました。

私は旅行が大好きです。なにも遠出までしなくとも、市内の大型書店に出かけるだけでも気が晴れるタイプです。一人で外に出て時間を過ごすことが大切なんです。旅行が無理なときは、仕事とは無関係の映画を観たり、本を読みます。使い道があるかどうか考えず、ただ自分のために何かをするんです。一人で、誰とも話さずに時間を過ごしていると、やりたいことができてきます。書きたいことが思い浮かんできます。私はこれが「ちゃんと休めたかどうか」の基準になります。休もうとがんばり、アイディアについては考えないようにしようと無理するのではなく、何もかも忘れて時間を過ごすんです。体が少し疲れることをするのもよいでしょう。だから旅行が最適だったんですけれど。小説家のチョン・ユジョンさんも長編小説を書き終えると、サンティアゴ巡礼の道や済州島のオルレキルを歩くのだそうです。頭の中に入っているものをすべて払い落とす究極の方法は、体を酷使するのが一番だと思います。旅行でお金をたくさん使ったからがんばって稼ごうとも思うようになりますし。

でも、心配性なくせして仕事もたくさんして、そのうえ深刻な燃え尽き症候群も経験して以来、自分のことをきちんとケアしなくてはと思うようになりました。そこで自分自身のトリセツ（取扱説明書）をつくってみたのです。

なにより大切なのは睡眠です。私は就寝時間をできるだけ決まった時間にするようにしています。いつもうまくいくとは限りませんが。雑誌の締め切りをかかえていると一週間に一度は睡眠のリズムが崩れますし、そうすると二日は苦労します。だからこそ気をつけなければいけません。仕事が多くなるにつれて眠りが浅くなり、途中で目を覚ましたり、明け方に起きてしまったりすると、もうなかなか眠れません。だから、休日は目覚ましをかけずに自然と目が覚めるまで寝ていたりもします。そうすると7時間ぐらい寝た後に目覚めるので、午前7時ぐらいにだいたい目を覚まします。となると、理想的な就寝時間は夜12時から12時半の間だとわかってきます。目覚ましをセットせずにぐっすり寝てから起きて、目覚めのコンディションもいいときの睡眠時間を基準にするのです。

こんなふうに気をつけて確認しないと、たいていの人は基準を意識せずに暮らしてしまいがちです。仕事が終われば寝て、見たい動画があれば見てから寝て、目覚ましをセットした時間に起きる。目覚ましも一回では起きられないので、「絶対に起きないとやばい時間」の1時間前に最初の目覚ましをセットしておき、その後10分ごとに鳴るようにしておきます。朝は目覚ましを止めながら寝るを繰り返すのです。

「私のトリセツ」には、ストレスを感じるときにやることリストも入ってきます。自分のクレジットカードの明細を見てみると、締め切りのある木曜日に圧倒的にカード使用回数が増えます。木曜日になると、何が必要なのか、どこで買えば安いのかを考えるよりも先に、必要なものがあれば即買っているのです。一種のストレス解消になっているのでしょう。自分がストレスを感じるときに何かしていないかチェックしてみましょう。あえてチェックしない限り、自然とわかったりはしません。運動に夢中になる人もいます。ひたすら眠る、という方もいると思います。

忙しくてテンパッているとき、ふと振り返ると家の中は散らかりまくっていて、開けてもいない宅配物が山積みになっていませんか？　もしそうならば、しばし仕事の手を止めて家の中を片づけながら、「ここのところ緊張度が高かったんだなあ」と意識して休息をとるようにしてください。

疲れるとイライラしやすいですし。私もそういうタイプの一人です。気をつけなくちゃと思うのですが、仕事の終わる時間が遅すぎると、コントロールできない瞬間というのが訪れます。そういうときに、「今、イライラしてるな」「そうとうお疲れだな」といった具合に一歩離れたところから自分を見ます。「私のトリセツ」を用意するというのはそういう意味です。疲れているからといってイライラしてきたら、水を一杯飲んで外に出て、オフィスの周りを一回りしてきてもいいし、お茶を一杯飲んだり、音楽を聴いたりしてもいいですよね。

それに、いろんな方法を試してみない限りは、自分に合った解消方法もわからないものです。
もっとむずしいのは、みなさんにとって20代のときには合っていたものが、30代には合わない場合もあれば、30代にぴったりなやり方が40代になるとフィットしなくなるケースもあるという点です。年齢を重ねるにつれて状況も変わってくるので、「私のトリセツ」を再点検しなければなりません。さっき旅行が好きだと話しましたが、コロナ禍で旅行にいけない間に思ったのは、以前のように旅に出るための時間を捻出するために、まとめて仕事をこなしたりはもうできないということでした。週末旅行が多かったのですが、そのためには平日にすべての仕事を終わらせないといけませんでした。無理をしてでも。でも、もう今は平日にまとめて仕事を片づけること自体が難しくなっています。とても疲れやすくなってしまったからです。

これまでの自分には合っていたものの、今はできないやり方というのがでてきます。今の私は、疲れがたまって体に不調が出始めると、運動に時間を費やすようにしています。一週間に最低二日、基本三日は運動しています。運動に集中する時間を確保してから、ほかの計画を立てます。こうすれば最悪の事態は避けられます。キャリアを積んでくるにつれて、あるいはみなさんの体が変わってくるにつれて、もしくは結婚したり、出産したり、周りの人たちとの関係が変わってくると、昔は大丈夫だったけれど今はできない、ということがどんどんでてきます。そうなると、改めて探しだすしかありません。昔だったら友達に会ってカフェで長々とおしゃべりしていると緊張から解き放たれる感じがありましたが、今はそういう時間の使い方をすると、週末に休みきれなかった感が残ってしまうようになりました。だから別のやり方で緊張を柔らげる必要があるということです。

キャリアを重ねるというのは年を重ねるということでもあるのです。同時にそれだけ責任も増えているという意味でもあります。抱えるストレスもスケールが変わってくるので、ぜひ「私のトリセツ」をアップデートし続けてください。

最低ラインを守るためのルーティンづくり

私の場合、仕事の効率が一番いいときは、適切に休憩時間をとれるときです。ちゃんと休むと、無理しなくても考えごとをどんどん発展させられるし、短時間に集中できます。でも、ルーティンをつくって守ろうと努力するにあたって、もっとも神経を使っているのは「ベスト」を維持するのと同じくらい「最低」ラインも設定して、それ以下にならないようにすることです。仕事の「過程」に没頭できるようにするためのベストな方法、それは「いつもの自分」の扱い方にかかっています。

最低ラインを守るルールをつくった経緯は、東西のクラシック演奏家の練習を見たのがきっかけでした。もっと正確に言うと、「毎日」一定の仕事をするように努力するすべての人々を目にしたのがきっかけになりました。コロナ禍に、仕事関連のビッグ

インタビューを何度か担当し、さまざまな分野で働く女性たちの「仕事」と「進路」をテーマにしたインタビュー集『明日のための私の仕事』(내일을 위한 내 일、未邦訳)や、韓国映像資料院とともにＹｏｕＴｕｂｅを通じて映画界のあらゆる分野のスタッフに行ったインタビューがそれにあたります(『私たちが映画をつくります』)。「仕事」にフォーカスをあてて話を聞いていると、彼らの「見えない努力」が目に入ってきました。毎日繰り返す練習やトレーニング、勉強です。毎日眠るように、毎日ご飯を食べるように、練習したりトレーニングしたり勉強したりする。ウォーミングアップと全力疾走の間に、その日その日に割り当てられた分量をこなす。一般人から見ると全力疾走のレベルで、彼らが判断する全力疾走の基準ではウォーミングアップレベルのことをしながら一定時間を過ごす。彼らのモットーは「一日でも休むと(翌日の)自分が(低下した力量を)わかる」というもので、もちろん文字どおり一日もかかさずという意味ではないにせよ、「できるのに気分やコンディションを理由にしてやらないということはない」のです。もっと知りたい人のために断言するなら、「できない」状況とは、「やりたくない日」ではなく、入院だとか長距離移動、冠婚葬祭などの外部的な状況を言います。

実のところ、私はそういう毎日の練習やトレーニング、勉強などの話を聞くと、ちょっと羨ましくなってしまいます。私も本を読まない日は一日もないといえるレベルなので、まあ、毎日勉強していると言えないこともないのですが、ゆるい読書と勉強のための読書は同じはずがありません。日常から脱して、何かに没頭する時間をもつべきなのでしょうが、演奏家やスポーツ選手の「毎日の練習」に対する崇高なまでの献身を簡単にまねるのは至難の業です。

それでもあえて、「かかさず集中する一時間」をつくるために努力するのです。勉強にせよ読書にせよ、なんにせよ、事前に計画したとおりに集中する時間をもとうとします。一定量の文章を読んだり、書いたり、一定時間体を動かす。「だめなら仕方ない」という考え方をやめて、「なにがなんでもやってみよう」と行動してみるのです。仕事とは関係のない没頭時間をつくるために一番重要なのは、「しっかり休んだ体」でもあります。だから、結果的には規則正しい生活をするようになります。こうして最低ラインを徐々に上げていけば、いつしか最高のパフォーマンスを更新できるはずと、自信をもてるようになるのではないでしょうか。

習慣の逆襲

キャリアのある人たちが自分のことを昔の人、と感じ始めたら、これまでうまくいっていたやり方を改めたほうがいい、というアドバイスがあります。よい習慣も習慣ではあるから、繰り返しそのものによるメリットもあるでしょうが、創意力や瞬発力だけでは難関を突破できないものです。現状を変えるための習慣を身につけて問題から抜け出そうとする試みは、その習慣に固着していると、逆にやり方そのものが新たな問題になりかねません。例えば、(ボスの決定の代わりに) オープンマインドなディスカッションを通じて部署内の問題を解決する方法を選んだ人たちは、話がいつまでもぐるぐる堂々巡りしているように感じながらも、やめられないときがあります。誰も責任をとらない安全な解決策が出てくるまで、あるいは、「じゃあ、とりあえずこのまま様子見ていきましょうか」といったあいまいな言葉を誰かが言いだすまで会話を楽しむ。

問題を解決しようと集まったのに、会話を楽しむだけで答えを見つけられない？　そんなことはあるはずがないと言いたいところですが、これがなかなか思いのほかよくあることなのです。

ときには、よい習慣のせいで順調に道を進みすぎるあまり、ほかの方向にはシフトできなくなってしまう場合もあります。

小説『鏡の国のアリス』では、アリスが庭をもっと素敵にしようと丘に上るエピソードがでてきます。こっちの道だと思ったのに迷ってしまい、「帰ってくる」道を確かめてからまた別の道を選んでいってみます。ところが、どの道をいっても家に戻ってきてしまいます。アリスは鏡を潜り抜けて前に住んでいた家に帰らなければと思いながらも、冒険が終わってしまうのが惜しくて丘に向かう道を探しに出ては戻ってくるのを繰り返す。同じ地点にばかり戻ってきていたアリスにバラが言います。「悪いことは言わないから、花のほうへ歩いてらっしゃい」。アリスはもちろんその言葉を無視しますが、また失敗して戻ってくると結局は反対方向へ向かうことにして、ついに別の道を見つけます。つまり、道だからといってすべてが目的地にたどり着けるわけではないのです。

その直後、アリスは女王に会います。女王は丘のてっぺんでアリスにチェス盤のような模様をした土地を見せます。アリスが興奮してチェスの馬になってゲームをしてみたいと言うと、女王はチェス盤で女王になれる方法を教えてくれて、突然アリスの手をとって全速力で走るのです。息継ぎもできないほどの速さで走っていたのに、止まってみると走り始めたときに立っていた木の下にいます。アリスがびっくりすると、女王がなぜかと尋ねます。

「そのう、あたしたちの国では、今みたいな速さで、こんなに長く走ったら、ふつうどこかほかの場所に着きます」

女王の答えはこうです。

「それはまた、のろい国じゃな！　よいか、ここでは、力のかぎり走らねばならんのじゃ。もしどこかほかの場所に行きたいのであれば、少なくとも二倍の速さで走らねばならんぞ！」（脇明子訳、岩波少年文庫）

ものすごく速く走ればほかの場所に行けるとアリスは信じていたのに、鏡の国では通用しませんでした。道は互いに通じていると信じていたのに、そうじゃなかったのです。新しいルールを適用しなければならないとき、過去のルールに埋もれていたら、「決して」目的地にはたどり着けません。ルーティンをつくってその中で誠実に反復を繰り返すのも魅力的ですが、ルーティンを守るからといって目標を自動的に達成できるわけではありません。回し車をちゃんと回せる能力と、回し車の外で出口を探す能力は、それぞれ異なる性質のものであり、ルーティンが確固たるものであればあるほど、ときにはそれ以外のところで考えるトレーニングが必要になります。

いくらよい習慣だとしても、それはあくまでも習慣。堅固な枠なのです。

ありきたりな考えにとらわれていると感じ始めたら、自分にぴったりで、自分が得意だと思っているやり方のうちの一つぐらいは、新しいものに変えてみましょう。会議のスタイルや報告書作成の方法を変えてみたり、日課をこなす方法を変えてみてもいいかもしれません。今までは午後のほうが集中できたけれど、いつからか午前中のほうが効率がよくなっている場合もあります。あなたの働く業界がそうであるように、あなた自身も変化している生命体なのです。自分の知識や判断に限界があると認めるとき、人は謙虚になって変わることができます。だからこそ、異業種の人に会ったり、関連書籍を読んだりする時間は、私にとっても大切な時間になっています。「箱の外に出て考えてみること」ほど、効果のあるシークレットキーはありません。

成長とは隣の席をゆずってあげること

今の自分について、「これぐらいならまあまあいいほうだろう」と思っている人はどれくらいいるでしょうか。世界が求める基準に合わせて自分を振り返ると、十分だと思えるところもあれば、まだまだ足りないと思う部分もある。話はいつもそこから始まります。成長映画、成長小説といった言葉をよく使いますが、その意味はなんなのか考えると、いつも道に迷ってしまったような気分になります。

私たちはよく、未熟な点を補い、はみ出た部分を裁断して社会の規格に合った人になるまでの過程を「成長」と呼びます。角ばった部分は削られ、不足した部分は見えないように、なめらかに整える。イ・ギョンミ監督の映画『ミスにんじん』は、その基準からいえば、自分の教え子の中学生よりも未成熟に見える29歳の英語教師ヤン・ミスクが主人公の物語です。

ヤン・ミスクはなにかというとすぐに顔が赤くなる赤面症で、学生時代からいじめられていました。両親もいなければ、友達からは仲間はずれにされ、唯一偏見をもたずに接してくれていた担任のソ先生へ思いを寄せ、大人になってソ先生と同僚になってからもその思いを捨てられずにいます。

「いらないおまけ」扱いされてばかりの人生でした。学生時代も団体写真を撮るときは一番後ろに立ち、教え子たちに「初恋の話をしてあげようか?」と聞いても「別に」と言われてしまう。ストーカーに近い愛情攻撃を受けるソ先生もまた、ミスクを避けるようになります。ミスクはもともとロシア語教師でした。ロシア語の人気が落ちてロシア語教師の数が減る前までは。そして、既婚者のソ先生が同僚教師のイ・ユリといい仲だったと知ったミスクは、友達から仲間はずれにされているソ先生の娘ソ・ジョンヒと期限付きのペアを組むことに。

『ミスにんじん』のヤン・ミスクは孤独に慣れている人です。人とどう付き合えばいいのかもわからない。学生時代までならば、クラスメイトとうまく付き合えない程度ですんだものの、大人になると同僚教師たちとの関係がうまくいかず、生徒たちとのコミュニケーションもおぼつかない。人間関係についての理解が表面的なあまり、恋愛もうまくいきません。

映画の中のジョンヒと同じ年ごろだったころの私は、30歳、40歳という年齢をきっとつまらない人生に決まっているんだろうと思っていました。想像の中の30代は（40代は言うまでもなく）わかりきった退屈な暮らしをしている既得権層でした。20代後半になれば自分自身を証明しなければならない大きな試験などが終わって、もうこれ以上大変なことはないと思っていました。年齢を重ねるにつれてキャリアの未来はもっと霧の中なのだろうということを、20代序盤はとても想像できませんでした。ただ漠然と、一人立ちできる人間になれるのだろうかと悩んでいました。

一人前にならなくちゃと思っていたし、それは人間関係においても、会社の仕事においても同じでした。他人に依存した人間にならないことこそが、ベテランキャリアのオーラというものではないだろうかと。難しい仕事を一人で解決しなければならないんだと思い込んでいました。ロールモデルがいないからもっとがんばらなくちゃとも思っていました。一人でしっかりやらなくちゃと。

『ミスにんじん』を初めて観たとき、八方ふさがりのヤン・ミスクという人間は、私とは合わないキャラクターだと思いました。あんな人とは友達になれないとすぐにわかったし、同僚なんてとんでもないと。あれから10年ほど経ったある日、映画をまた観て、自分とは合わない世界でつまずきながら生きているヤン・ミスクよりも私のほうがいつのまにか年上になっていたことを、そして理解できないと思っていた彼女と私自身が内面世界でリンクしていることに気づかされました。ぱっと見ではそれなりに大人に見えるかもしれないけれど、本当の私は、心の中にあることが消化されないままのめちゃくちゃな状態でした。

他人のお荷物にならないようにしようという必死の努力は、十分に「一人でもちゃんとできる」人になってからも続きました。習慣のように一人ですべてを決定し、責任をとろうとがんばっていました。どうせ他人は私の事情なんて知らないのだと、話したところでどうにもならないし、頼っちゃだめだと。そのうち身近な人たちから何度も痛いところを指摘されるようになりました。だいたいがこういう内容です。「私が悩みを打ち明けても、あなたは自分の悩みは全然話してくれないんだね？　私は信用されてないってこと？」おそらく怖かったのかもしれません。自分の荷物を背負うと決めた以上は、言い訳も泣き言も言っちゃだめなんだと。誰からも求められていない

「一人」の部屋に自分で自分を閉じ込めていたのかもしれません。

私が学ぶべきは、信じる練習、頼る技術でした。私にとって大切な人たち、私が愛する人たちと互いに話を聞きあえる関係になること。私の頭の中の「一人」にがんじがらめにならないこと。彼らが頼ってきたら助けてやり、私が頼る機会を彼らにも与えること。『ミスにんじん』の後半になると、決まって涙ぐむシーンがあります。

「私が今の私みたいじゃなかったら、誰も私にこんなふうにしないはず、だけどみんなは私にはこうするのよ！」

泣き叫ぶヤン・ミスクにソ・ジョンヒが叫ぶ。

「先生、どうしたんですか。私は先生のこと恥ずかしいと思ったことなんてありません！」

彼女たちは互いに背中を押し、励ましあえる存在だったという事実にやっと気がついたのです。

キャリアを積んでいくにつれて私が先輩たちを頼りにしていたように、私も後輩たちを信じ、頼りにするべきだと気づき、そのために努力するようになりました。私の基準は古くなっているかもしれないのだから。自分の知識が増えた分だけ、逆になかなか理解できないことだって増えているはず。そしてときに、上の世代からではなく次の世代の若い人たちから助けてもらう場面も増えてきます。それを認めること、つまり隣の席を、前の席をゆずることが、もしかしたら人間の成長なのかもしれないと、今はやっとわかるような気がします。そして私が主人公じゃない場合もあるということも。プライベートでも同じです。優れた「一人」でいるよりも、可能性のある「私たち」にもっと多くのチャンスを与えようという努力は、着実に自分自身を育ててきた人だけが見せられる余裕というものではないでしょうか。

2

会社を辞める前に
仕事ができる
ようになろう

仕事のできる人

難しい仕事をやり遂げる人。当然、仕事のできる人でしょう。

でも、日常的に幾度となくメールのやりとりをしたり、携帯メッセージを送りあったりしてみると、うまくいく仕事の量と同じくらい、うまくいかないことや断る仕事が増えるにつれて、わかってきます。

仕事をするときは、明確で明快な人が一番いい、と。
私の基準で、最高にできる人たち。毎日のスーパーヒーローたち。

何を望んでいるのかを正確に伝えられる人。

仕事の不可を判断できて伝えられる人。

B案が必要ならそれが存在するのか、あるならばそれはなんなのか、適切に指示できる人。

こちらが、相手のコミュニケーションスタイルから行間を読まなくては、と複雑に考えなくてもいい人、透明性の高い方法でコミュニケーションする人。

今回は一緒にできなくても、次は必ず一度やってみたいと思う人たちです。

お金をもらって学ぶ

仕事を学ぶ一番いい方法はお金をもらって学ぶことです。受け取った報酬の分だけ責任を持ち、受け取った報酬以上のアウトプットをするために奮闘すること。

お金を受け取ると、失敗したときの結果を直視しないわけにはいきません。仕事だ成長だなんだという単語を漠然と想像しているだけでは、学びは得られません。仕事をしながら失敗を経験するほうが早い。プレッシャーや苦しみを伴うという決定的なデメリットがありますが、スピーディーに学べる有用な方法です。

作家の村上春樹と川上未映子の対談集『みみずくは黄昏に飛びたつ』（新潮社）で、村上春樹が新人時代を回顧しています。はじめはなかなか書けなかったと口火を切った彼は、編集者にこうアドバイスされたのだそうです。

「大丈夫ですよ、村上さん。みんな原稿料をもらううちにだんだんとうまくなります」

誰もが、安全を感じながら成長できたらと思うものです。初級から始めて徐々にレベルアップしたいという欲求。自分ができる分だけの量を任されて仕事を始めると、ひどく不安にはならないかもしれませんが、その代わり成長のスピードは遅くなります。実際、一番深刻な問題は、私たちが安住しようと必死になることです。ときには能力以上のことを任されること。そういうときこそが、失敗から学べる一番のチャンスです。

生まれつきの性格と仕事の仕方の相関関係

Disney+の番組『スケッチブック』は、ディズニーで働くアニメーション関連のさまざまな人たちにインタビューしたドキュメンタリーです。シーズン1はキム・サンジンとイ・ヒョンミン、二人の韓国人アニメーターが出演します。『シネ21』に掲載したキム・サンジンのインタビューを読むと、彼が『ピーター・パン』のフック船長を描いた理由は、ディズニー入社当時の課題だったからだとか。「性格も大胆なタイプなのか気になる」と質問すると、彼はこう答えました。

「絵のスタイルと性格にそれほど関係はない気がします。周囲を見ると、とても活動的な人が繊細な絵を描いていたり、男性が女性的な絵を描いていたりもします。どう描くかは練習して訓練した結果なんだと思いますね」

これは性格と仕事の関係についてもいえると思います。私は誰かの前で話すのも仕事の一部ですが、これが私本来の性格や適性の結果なのかというとそうじゃないと自信をもって言えるからです。自分の名前で記事を書いて本を出すこともしかり。好きなことだし、うまくやりたいけれど、だからといって楽なわけじゃありません。仕事でたくさん話して帰ってくると、なかなか寝つけない日もあります。言わなきゃよかったことを言ってしまったんじゃないかと思うこともあれば、言うべきだったのに言えなかったこともあったりします。自分の思い描いたとおりになった日など、ほとんどないといってもいいでしょう。

私が会社勤めをし始めたといって、一番驚いたのは両親です。いつだったか、伯父が家に来て父と一杯飲んでいたところへ私が帰宅し、みんなで晩酌を楽しんだことがありました。気さくにいろんな話をしましたが、後になって両親にびっくりしたと言われたんです。子どものころの私は、家でほとんどだまっていて部屋のドアを閉めきっているような子だったから。思春期に入る前も似たようなものでした。けれど伯父が来ていたあのときの私は、会社員を始めて数年が経ったころで、会社では部署で一番の若手として3年近くが経っていました。私はやりたいかやりたくないかはともかくとして、仕事をするにあたって必要な社交力を身につけていたのでしょう。

内向的、外交的で人を分けるとしたら、その基準がなんであろうと、580項目にもなる診断基準を適用したとしても、私は絶対的に内向的な人です。でも、私が内向的だろうとなんだろうと、それはなんの関係もないのです。仕事をしているときの私は、一緒に仕事をするのによい人であればいいのであって、「私は内向的なほうなので」とあえて付け加える必要はありません（そういう言い訳をする人たちをたくさん見てきました）。内向的だからといって必ずしもほかの人たちに対して無関心だとか、他人への配慮が欠けているわけじゃないのに、仕事を収拾もできないような事態にしておいてから、それを生まれつきの性格のせいにするような言い訳を耳にすると、とてもやりきれない気持ちになります。

あなたから見ると、話し上手に見える人も、大勢の人の前でカリスマを発揮している人も、関心を集めようと必死になっているように見える人も、誰もがみな生まれつきの性格を表しているわけではないはずです。もちろん、生まれつきそうなら、もうちょっとうまくやれるかもしれませんが。そうじゃないからといって、後天的な努力で「自分をつくりあげる」人たちだってたくさんいますよ、と言いたいのです。私の場合でいうと、インタビューをするたびに、生まれて初めて会った人と30分から2時間あまり会話をしながら、その人がリラックスして本心を話せるような雰囲気をつくることは決して簡単ではありません。事前準備を綿密にしておくしか方法はありません。もちろん、もっと適応力のある人や適応するのに時間のかかる人もいるでしょう。私は適応するのに時間がかかるほうです。こういうときは、周囲の人からの指示や助言を真に受けないようにしましょう。あなたはあなたのやるべきことをやればいいのであって、本当のアドバイスというのは、お金を払ってもなかなか手に入れられないものなのですから。

適性というのは本当に存在するのか

初めて就職したとき、本当に運がよかったと思いました。自分に合った仕事が理想的な形で与えられたと思ったんです。入社試験に受かったと言ったとき、今は亡き父が、うまくいくと思っていたと言ってくれたのを思い出します。「おまえが得意なことは読んで書くことだからね」。当時は、この目の前の幸運が不運にもなりえるのだとは思いもしませんでした。アマチュアとして読んで書くことに多くの時間を割くことと、それを仕事にしてお金をもらうレベルの能力を手に入れることが、こんなにも違うとは夢にも思わなかったのです。自分はライター向きだと信じていましたが、仕事を始めて数日もしないうちにこれは違うと感じました。ある程度仕事で認められるまでは、この仕事は向いていないと一日に何十回も思いました。

この仕事が向いているのか、そうでないのか考えるのをやめられたのは、私が仕事に慣れた後です。失敗をしないようになり、自分の出した結果に対して、同僚から信頼してもらえるようになったとき。完璧になったという意味ではありません。でも、仕事が怖くも嫌いでもない程度には、若干の確信をもって結果を出せるようになる程度には慣れてきてやっと、向いているのかそうでないのかをめぐって自分をいじめないようになったのです。

適性に合っているからその仕事をうまくやれるように生まれたというより、ある仕事に慣れていくにつれて適性に合っていると、本人も周りも評価するようになるのではないでしょうか。仕事ができないときはいくら好きな仕事でも、心身ともにつらいものです。ミスばかりしていたら、低評価ばかりが続いたら、その場所に居続けるのもしんどくなります。仕事を習い始めるときは、1年は我慢してみようと言いたいのは、仕事の向き不向きを知るために必要な最低限の熟練度というものがあるからです。

でも、職業そのものを探している段階では、向いているか向いていないかが真剣な問題にはなるでしょう。

初めて就職する場合は大変ですが、最近は（業界によって多少の違いはあるにせよ）、入社2年目から10年目の間の転職は業界内であれ、異業種であれ、しやすくなっています。「以前の職場」の年棒を基準にして転職した会社の年棒が決まる傾向がまだ強く残っており、最初の職場からまず堅実なところを求める人も多いですが、その悩みもまた理解できます。「条件のいい会社」を探すのが目標ならば、むしろ適性についての悩みはちょっと先延ばしにしているはずです。それとは異なり、専攻分野でのキャリアに限界を感じているという悩みならば、まずは仕事を始めてから業種を変え、もっと勉強するなり業種を変えて転職するのも方法です。私も仕事を始めてやっとわかったことですが、多くの人は仕事を始めた業界を去って新たな分野で成功しています。

仕事をしてみない限りは、合う・合わないを見極めて業種を変えるというのは難しいのではないでしょうか？　適性に合うかどうかは、まずはやってみるしかありません。

でも、適性の問題を真剣に考えるならば、さまざまな分野の人たちと接触する機会をもてるようにしておくのもいいでしょう。例えば、ある職業についての情報が欲しいときはどのような方法があるでしょうか。多くの人たちがドラマや映画を観て幻想を抱きます。それではいけません。できるならば、該当する専攻分野を研究している人や、それを仕事にしている人に会うチャンスを手に入れるようにしましょう。

私は社交的な性格ではなく、大勢の人と付き合うのは苦手ですが、定期的にあえて異業種の人たちと触れ合う機会をもつようにしています。普段は緊張度を高めないようにと断っている人付き合いを、周期的にあえてやってみるのです。もともと闊達な性格で積極的に人付き合いできるタイプならば悩む必要もないでしょうが、人付き合いが疲れるというのなら、それでも1年に一回くらいは決心してそういう場をつくり、異業種の人とコミュニケーションをとってみるのはどうでしょうか。そうすれば、自分の知る狭い範囲で想像ばかりしているよりも、もっと広い視野を手に入れられるはずです。

誰にでも悩みはある

拙書『明日のための私の仕事』（내일을 위한 내 일、未邦訳）はそれぞれの分野で何かを成し遂げたり、あるいはそうした境地に達したりした7人へのインタビュー記録です。私が質問を用意する過程で留意していたことは次のポイントです。

読者のみなさんにもぜひ、この質問に答えてみてほしいと思います。

1. 子どものころに思っていた適性そのものの職業か？
2. 適性に合っている仕事ならば、仕事を始めてからは悩みはなかったのか？
3. 適性として考えてみたことのない仕事なら、その仕事を始めたきっかけは？
4. 職業の将来性、人、お金、興味、才能といった要素の中で、働き続けるために重要な要因はなんだと思うか？

5．10年後はどんなふうに仕事をしていると思うか？

将来の心配をする必要が比較的少ない、いわゆる定年の保障された仕事をしている人なら、5番の質問は、仕事の「やり方」を心配したことはあっても、仕事そのものの有無を悩んだりはしないでしょう。

他人の評価が絶対的な影響を及ぼす仕事ならば、「自分自身に誠実に」が仕事を続ける大切な原動力になるはずです。

適性があるかないか、向いているか向いていないかは、仕事をした時間が積み重なるにつれて重要には感じられなくなってくる傾向もありました。

子どものころに考えていた未来は、今の自分の状況とは違っていたという答えもたくさんありました。当時から思い描いていた職業に就いた場合ですらそうだったのです。ならば、私たちが今考える未来もまた、想定外のものになりうることだってあるでしょう。予測よりも、もっといい形で未来を迎えるために、誰もが悩み努力しています。
輝いている人にも、悩みはあるのです。

予測よりも、もっといい形で未来を迎えるために、
誰もが悩み努力している。
輝いている人にも、悩みはあるのだ。

新しいことを探して

インスピレーションを受けた文章やイメージを集めておいて、しょっちゅう見るようにしています。目的意識を持たずに場所を選択し、視線を向けてみます。こうしたことは、あなたと似たような年齢、性別、所得水準、趣向を持った人たちの関心を惹く新たな企画を立てるときに役立つでしょう。新しいとは言ったものの、意識しない企画は結局、今流行している方向を向くようになっているものです。あなたがなにげなく見つけたり、気づいたりしたと思っていたものは、本当は流行中だからあなたの目につきやすくなっていただけ。意図しないアイディアというのは、だいたいこういうケースで生まれる場合が多いのです。

画家や詩人はよく、創作方法論などを語るときに、子どもの視線で物事を見つめようと強調します。普通は脳が見えるものをそのまま見て、脳が聞こえてくるものを聞く。その作業を純粋に見えるとおりに見て、聞こえるとおりに聞く訓練をするのです。一般論をつくりだす作業から始めるのではなく（最近の〜は、みんな〜してる、こういう〜は、ほとんどが〜という理由からです）、初めて接する人の観点を持つよう努力します。資料を目的に合わせて新しく分類し組み合わせる。このとき、目的になるキーワードは具体的であるほどよいでしょう。予想可能な企画案を新鮮な単語で改めてオーガナイズしてみましょう。あなたが普段なにげなく感じていることではなく、違和感があったり不思議に思ったりする新たなファクターの使用頻度を高めて、企画をつくってみるのです。

見慣れたものは悪く、新鮮なものがいいと信じている人たちも大勢いるものです。実際には、見慣れない新しいものがすぐに好感を得るのは難しく、会議の外に出ることすらできないアイディアもあります。慣れたものを「パターンで」新しいものと組み合わせると、新しいだけのものを提示するときよりずっといい結果につながることもまた多々あります。度重なる会議の終わりに、みんなが探していたものが、そもそも新しくすらなかったことに気づくケースも同様によくあります。

単純に流行っているからよく目につくだけのアイディアを、これはいいと評価する確率も高いですが、同じ理由で、新しいという感覚も慣れをベースにして若干アレンジするだけでも十分なときがあります。見慣れない新しいものには抵抗を感じ、すっかり見慣れたものは旧態依然だとしりぞける。その中間あたりから始めて、アイディアを採択する人のクリエイティビティ次第でもっと身近なものにするか、反対に遠ざけていくのか決めればいいのです。ただし、慣れをベースにするとはいえ、予測可能なイメージを与えてはいけません。どこかで見たような気がするという言葉は、ありふれているという言葉と同じなのですから。

きらっとしたアイディアであればあるほど、ほかの人のものと似ている場合があります。私たちが日常で見聞きしていることにはさほど大差はないものですが、その組み合わせ次第で生まれた輝くアイディアがものすごく特別なものになるはずはありません。誠実なリサーチは一見すると、とても慎重で保守的に見えますが、すでに存在しているものを把握しない限り、この世にまだないものがなんなのかはきちんとわからないものです。

偶然よ、さらば

『TIME SMART お金と時間の化学』（アシュリー・ウィランズ著、柴田裕之訳、東洋経済新報社）という本におもしろいエピソードがでてきます。時間に追われて暮らしていたモニカは、時間管理についての自己啓発書をいくつか読んでから、「断る練習をせよ」というアドバイスに影響を受けました。そこで、たいていのことは断ろうと実行に移してみるのですが、心から付き合ってみたいと思う人たちからの誘いを断ってまで、いざ自分の時間を確保してみるとなんとなく後味が悪い。その後、アドリブ演技のクラスをとってから、自分の「断る」ルールを修正しますが、そのクラスでは極端にすべてに「YES」と言うトレーニングをさせられます。モニカは自分の暮らしに即興性と偶然性を望み、自分に何かを望む人たちからの会いたいというリクエストをまずは一度すべて承諾して、それ以上の要求については水曜日に限っては許容するということにしたのです。

予測不可能な隙間時間を許さず、10分単位で時間管理をする人も大勢います。計画がないと時間の無駄遣いになってしまうからです。時間管理のみならず、あらゆる面で「最短距離」を優先しようという考え方はめずらしいものではありません。測定技術が発達して、いざとなればなんだって測定できる時代です。道を探すときは地図アプリの画面だけを見て歩く。文化的なイベントもすべて誰かが選んでおいたリストをチェックする。本を購入するときはインターネット書店のキュレーションされた画面の中から選ぶか、誰かの推薦を参考にする。リアル書店でも誰かが陳列しておいた本を見るのだから同じではあるものの、露出している本の種類も数も桁が違います。関心のある分野の本ではないものの、存在すら知らなかった本、偶然そこに置かれている本を手にして選ぶことは、オンライン書店ではなかなか期待できません。地図アプリが教えてくれる道だけを歩いていけば、ふと迷い込んだ道でお気に入りのお店を見つけるような偶然もなかなか起こりません。

もちろん、そうした迷う労苦や無駄を減らすための生産性ツールの発展はメリットですから、今になって文明の利器を諦めろという話ではありません。ただ、偶然が入り込む余地をつくっておきましょうと言いたいのです。図書館に行くときは、自分の探していた本と、なんとなく偶然目に入ってきた本が半々の比率になるよう心がけたりしています。約束の場所に早めに着いたときや、用事が早めに終わったときは地図アプリを見ないで路地をぶらついてみます。ヒップだといわれているスポットに出かけてインスピレーションを得るのもいいでしょう。偶然がつくりだす組み合わせを自分のスタイルでつくりあげて企画するという、仕事が与えてくれる特別な楽しみもまた逃してしまってはもったいないと思います。

正反対の場合もあります。デザイナーの佐藤オオキさんは、きらめくアイディアを得るために変化を減らすそうです。出張に行くときにはできる限り普段使っているモノを持っていき、変化に適応するためのストレスを減らす。全力で同じリズムを繰り返さないと、クリエイティビティが必要なときに爆発的な力を発揮できないのだそうです。要は、人それぞれ自分がどういうときに新しいアイディアが浮かぶのかをいろいろと実験してみながら、自分のものにしていくといいのかもしれません。

核心チームという秘密

『ハーバード・ビジネス・レビュー』（2019年7・8月号）に、「ブロックバスター」という記事が掲載されました。この記事では、フランチャイズ映画を新しく定義したといっても過言ではない『マーベル・シネマティック・ユニバース』のヒットの秘訣を興味深く分析しています。今までのフランチャイズ映画は続編が出るたびに、つまらないと言われてきました。パターンの繰り返しがメリットであり限界だったからでしょう。連続性と新鮮味の間でバランスをとるのは、口で言うほどたやすくはなく、どちらか一方に傾いた瞬間、根強いファンから酷評されたり、一般観客には無視されたりしてしまいます。マーベルはどうやってここまで成功したのでしょうか。

その答えを4つに分けて提示しています。

①経験のある未経験者を選ぶ。
②核心チームがもたらす安定感を利用する。
③過去の成功法則に挑戦し続ける。
④顧客の好奇心を育てる。

この中で内容についての言及は②を除いた3つ。①は必ずしもスーパーヒーロー映画の経験のない監督でも、大きな予算の映画を手掛けたことのない監督でも、世界観のはっきりしている監督や俳優を起用するというやり方です。③もコンテンツについての言及で、マーベル映画は前作と有機的に連なりながらも違いがあるという点です（記事が書かれてから3年が過ぎた2022年に公開された『ドクター・ストレンジ／マルチバース・オブ・マッドネス』までこうした原則は続いています）。脚本を分析してみると、互いに異なる感情的なトーンやビジュアルイメージを描こうとしています。しかし、こうした戦略は『スター・ウォーズ／最後のジェダイ』では無残にも失敗しており、かなり長い間新作が出なかったうえに（シリーズの伝統に保守的な）ファンたちの多いシリーズは、新しいものを試みようとすると抵抗にあいやすいのです。④は特典映像やレファレンスについての言及です。しかし、②の「核心チームがもたらす安定感を利用する」はチームの構成についての話で、連続性がありながらも独立的で巨大なチームをどのように組織するかの問題を扱っています。

「新しい人材と意見とアイディアのバランスをとるために、マーベルは次の映画制作に入るときに、前編で一緒に働いていた人たちのうちの数人をそのまま採用した」

このようにして維持される核心的なメンバーは、新たにチームに合流した人たちにとっては「一緒にやっていきたい共同体」という感覚をもたらしてくれます。核心チームがもたらす安定感は、イノベーションをサポートもしてくれます（そろそろあなたは、自分の所属している組織はマーベルみたいなところじゃないと抗議したくなっているかもしれません。どんな組織であれ、核心チームと呼ばれる人たちは先輩風を吹かせるものです）。この記事では、UEFAチャンピオンズリーグの最上位レベルのサッカークラブもまた、同じ方法をとっていると説明しています。2008年から2012年までトップクラスを誇っていたバルセロナの場合、自社クラブのアカデミーで少年スター選手を育て続けることで選手を輩出し続け、核心選手層をキープすると同時に新たなスター選手の導入にも積極的だったというわけです。

お互いにまったく知らない人同士で成り立っているチームでは、新たなアイディアではなく新たに適応するのに時間がかかったり、衝突が起きたりします。すっかり慣れ合いになった人たちからは新しいアイディアは出てきません。そのため、この中でバランスをとるために社内外の人たちでチームを構成し、アップデートしていくのです。大ヒットの後続作品の足を引っ張らないためには、これに勝る方法はないでしょう。同時に、これは映画制作に限った話ではありません。

巧みな嫌みと自己反省の敵

長所は短所にもなります。ウィットに富んだ賢い人たちだけが行く地獄があるとします。そこには同僚もいなければ友人も家族もいない。あなたは、あなたの言う言葉をただエコーのように聞くことになる。

突然、呪いの書のような雰囲気になってしまいましたが、他人の短所についておもしろおかしく話す人であればあるほど、自己反省ができないからです。他人のことは「それだけの過ちを犯したのだから」と笑いの種にしておきながら、自分の短所を顧みる鏡はもっていない人たち。こういう人は信頼するのも、長く付き合うのも難しいもの。短期的には利用価値があるかもしれませんが。最悪の場合、その人の利用価値が、他人は口にしない「嫌み」が必要な状況になったときだけ、なんてこともあります。みんな頭を使って生きているのです。

世の中には実に賢い人たちがたくさんいて、ほかの人たちは「知らないから」できないのだと思い込んで、一人で得意になっているのを目にすることがあります。SNSの使い方を知らないからではなく、やらないだけなのかもしれないし、自己PRだって同じ。そんなのしようがしまいが、その人の勝手です。でも「嫌み」は違います。「嫌み」とは友人との間でよくありますが、「頼まれたわけでもないのにわざわざ言ってしまう、巧みに構成された悪意のある言葉」のことです。あえてなぜそんなことを言うのかと抗議すると、「間違った話じゃないでしょう?」という答えが返ってきたりもします。そう、間違っているわけじゃないのです。でも、間違っていないからといって、いつでもどこでも言っていいわけじゃない。しかも、悪意のこもった内容を、まるで悪意などなさそうに見える語彙を使ってそれらしく言い放って「スッキリ」したと思っているところがもっとたちが悪い。求められてもいないのに、わざわざよくない話を分析でもするような口ぶりで、相手の口をふさぐ目的で話す場合にも、似たような特徴があります。

相手の気分を悪くさせるために、悪意のある言葉を言うことは誰だってできます。ただ、やらないだけ。私たちは話し方を学ぶべきですが、話さない方法もまた学ぶべきです。嫌みをわざわざウィットまで利かせて口にするようなことは避けましょう。

私たちは話し方を学ぶべきだが、
話さない方法もまた学ぶべきだ。

失敗とわかっていても全力でやる方法

シリーズが長く続くと、主人公たちの世代交代があったりします。最初に出てきた映画の先祖や子孫が主人公になった続編ができたり、ときには中心になる物語とキャラクターが重ならない作品が制作されたりすることもあります。『ローグ・ワン／スター・ウォーズ・ストーリー』はジェダイが登場しない『スター・ウォーズ』アンソロジー・シリーズの第一作です。シリーズや世界観は共有しつつ、キャラクターを共有している場合もありますが、メインストーリーとは別の展開を扱っています。

『ローグ・ワン』で繰り広げられる状況は、歴史の中ではわずか一行で片づけられてしまうような事件です。実際の歴史の記録と同じように、キープレーヤーを中心にした大きな事件が『スター・ウォーズ』では扱われましたが、本編では言及されない人たちも何人かいます。

主人公じゃなくても大勢の人たちが自分の信じるもののために戦ったはずです。一行でしか記録されなかった事件が数十万人の命の場合もあれば、一つの惑星の場合もあるでしょう。『ローグ・ワン』は、そういう巨大なシリーズでさりげなく言及されてきた事件のために、自分の命をかけて戦った人たちを描いています。それは空しい戦いだったかもしれないけれど、映画を観る人たちが記憶するのならば、その瞬間は勝利のシーンとして残るかもしれない。シリーズを追っていくと、善と悪を代弁する人物たちが、そもそも初めから今のようだったわけではないことが明かされます。最初から悪人だった人はいない。最後まで善人の人もまたいない。状況と関係によって多くのことが変化してはまた変化してゆくのです。

『ローグ・ワン』は『スター・ウォーズ』シリーズと世界観は同じですが、内容上キャラクターは独立していて、ほかの作品よりも暗い雰囲気です。主人公が当然勝利するのだろうという漠然とした、また、当たり前の楽観的な予測もありません。勝利する可能性があるから戦うのではなく、今回は成功できないかもしれないとわかっていても、最後まで諦めない。『ローグ・ワン』の主人公たちを長い間記憶する理由は、ここにあります。

あの人たちはめちゃくちゃになっても大丈夫なのかな？

そんなはずない。

誰もが望む結果を手に入れられる完璧なハッピーエンドは決して不可能ではないものの、たった一つの重要なことだけは肝に銘じるべきです。手を抜いて負けることはしないという覚悟。誰かの目には愚かな試みが、パンセの決定的な変化をもたらすこともあるのです。信頼できる同僚と同じ目的のために努力することはそれだけの価値があります。これは歴史の中の多くの革命家たちから学ぶ切実で美しい、働くことの物語。成功として記憶されなくとも、自分がやり遂げた仕事が消えるわけではありませんから。

諦めどきをどうやって判断するのか

私が仕事をやめる原則はシンプルです。仕事を続けていて自分自身を傷つけてしまうとき。身体の健康であれ、心の健康であれ、所属している組織ではこうした基準を適用しにくいものです。辞表を出すしかないと思うときがあります。実際にそういう理由で辞表を出したこともあるにはあります。勤め人の妄想では、辞表を突き返されて「君のような人材を逃すわけにはいかない」みたいな展開になるはずなのですが（そんなことは起きなかった）、世の中には代わりの人材はいくらでもいて、個人の夢や希望を細かく実現できる組織なぞそれほどないのも事実です。自分の仕事が多すぎて、自分がいなければ組織が回らないような気分になるかもしれません。でも、驚くことにこの世は、零細組織ですら、核心的な人材が抜けた後も回り続けます。組織の恐ろしさとはこういうところです。

ともかく、大小、会社内外の仕事をしながら歯を食いしばるときと、諦めるときをどう見極めるのか。先ほど言ったように自分を傷つける状況は、仕事をしていて暴力的な状況にさらされたり、自尊心をそがれるような状況が続いたりするときを含みます。自尊心を捨ててまでやらなくてはならない仕事は、終わらせたとしても自己嫌悪しか残りません。ならば、いつ諦めればいいのか？　わかりません。私は諦めたくなったときに諦めるより、我慢して耐えたことのほうが多かった気がします。仕事をまだきちんと覚えていない段階で、悔しい思いをしたり自尊心を傷つけられたりする状況が続くと、決定的な問題がなんなのかわかりにくいものです。こういうときは、なにもかもが嫌になるので諦められるでしょうが、ここで諦めるとほかの仕事に挑戦するときも似たような段階でまた諦めてしまいやすい。仕事が難しかったり手につかなかったりするのが問題ならば、諦めるより、がんばってやってみようと努力してみるほうがいいかもしれません。

新入社員レベルを卒業した段階ならば、諦めるときなのかをどうやって判断したらいいでしょう? 諦めるときなのか、そうでないかを知る方法の一つは、今まで何をやってきたかを振り返ること。こういうときのために、簡単でもいいから業務日誌をつけておくことをおすすめします。個人の確認用に、新しく始めたサービスやチームメンバーの変動などを記録しておくだけでも、後で振り返るときに便利です。別途記録をとらなくても、主なスケジュールをカレンダーアプリに整理しておくだけでもいいです。

1カ月前、3カ月前、半年前、1年前をさかのぼってみます。諦めたいほどつらい時期がどれくらいあったのか。大変でも乗り越えられたときはどれくらいあったのか。この仕事は大変だったけれど、成長したと感じられたことはどれくらいあったのか。ものすごくつらかったけれど、その経験のおかげで次のレベルの仕事をするときに役立った、つまり成長していることがわかれば、もう少しがんばってみたほうがいいかもしれません。また、1年前の問題がまったく解決していない状態ならば、耐えてなんとかなる問題ではないのかもしれません。

我慢にもすべきときと、そうでないときがあるのだから。

入社2年目から10年目までは転職もしやすい時期です。我慢するだけがいいとは限りません。でも、周りにいくら役に立つフィードバックをくれる人がいても、最終決定はあなたにしか下せないことは忘れないでください。

3

危機のときこそ
輝きを放つ人

これ以上ひどくなる前に

もっと成功するのではなく、これ以上悪くならない状態にすること。人生にはこういう技術が必要になるときがあります。おそらく株式投資をしている人ならば、「損切りタイミング」を見計らいながらこう考えるでしょう。大きな損失を出さず、小さな傷ですませるなら今だ！　もちろん株式市場には株価の下落した株式でも何があるかわからないので、長期保有というオプションがあります。でも、失敗や過ち、そして後悔は長期保有しているとメンタルがやられてしまいかねません。

仕事でミスをしたときはすぐに認めるべきです。また、できるならミスを速やかに見つけられるような方法を準備しておくといいでしょう。チームメンバーのミスはチームのミスでもありますが、問題が大きくなるのを恐れるあまりミスを隠そうとして、余計大きな問題につながることもありえます。仕事を進める過程であれ、仕事を終えて確認する過程であれ、問題があったら躊躇(ちゅうちょ)せずに口に出せる環境が大切になってきます。フィードバックは上から下に向かうのではなく、上下関係なく行われるべきです。そうすればミスを事前に見つけられたり、少なくとも遅すぎたりすることはありません。

問題が見つかったら、自分を責めるのもいいですが、解決策からはほど遠いですし、誰かのせいにするのはもっとよくありません。問題発生以降、本格的に誰もが共倒れしかねない瞬間です。ここからはチームリーダーの役割がさらに大きくなります。チーム内外、会社内に問題が広がらないようにし、解決策あるいは代案を探してから、問題の起きた経緯を把握しても遅くないケースがほとんどです。問題を把握したとたん、誰のミスなのかを見極めようと解決策や代案を探さないで問題を放置しておくとどうなるか。もはや言うまでもないでしょう。ただし、チームではなく個人レベルとなると少し話は変わってきます。ミスを速やかに認める態度が失敗を繰り返さない結果につながっていかなければなりません。

人それぞれ「よいチーム」の定義は異なるでしょう。私は問題が起きたときに、団結して解決策を探すけれど、互いの個性をリスペクトしあえるチームがよいチームだと信じています。理想的なチームを誰もが望むけれど、たいていの場合はそれぞれ理想が異なる人たちが一つのチームに属して仕事をします。だから大きく失敗しないためには、傾聴する態度と恐れない態度の二つが必要です。チームで仕事をするときは傾聴してこそスムーズに進みますが、問題を指摘するときは臆病にならないこと。あくまで理想は、という話ですが。

大きく失敗しないためには、
傾聴する態度と恐れない態度の二つが必要だ。

失敗よりも、失敗した後のほうが大切

この世には文章のうまい人が本当にたくさんいて、私が仕事を始めたばかりのころ、会社の先輩たちは大部分が物書きの達人と呼ばれる人たちでした。私はそのうちの一人ではありませんでした。大雑把な性格のせいで、細やかな処理が必要な編集業務には向いていなかったし、仕事を覚えるスピードも遅く、ミスや失敗もたくさんありました。

そこで失敗をどうやって乗り越えたのか?

乗り越えられませんでした。

仕事を覚える立場だったときもそうですが、教える立場になるともっとよくわかり

ます。失敗しておいて、失敗した当事者が大胆にも失敗をスルーして、また同じ失敗を繰り返すとみんなが迷惑します。そうかといって、落ち込んで自虐していたところで発展はありません。失敗は失敗。ミスや失敗を軽く流してしまうと、そこから学ぶことはできません。

問題は失敗が続くと、自らの実力や才能についてまったく確信が持てなくなること。私が入社二年目までに先輩たちに一番尋ねた質問はこれです。

「私、この仕事に向いてない気がするんですけど、さっさと辞めて別の道を探したほうがいいでしょうか？」

失敗を乗り越えた経緯をざっと要約するなら、仕事ができるようになったということです。

仕事を覚えたての人たちは誰もがミスをするものですが、最近はみな仕事のスキルを会社の外でそれぞれ身につけてくるので、スタート段階ですでにある程度完成されている人も大勢います。完璧にやろうと初めからがんばって、そのがんばりが実ったりすると、逆に長く働けなくなるケースもあります。一度失敗するとそこで折れてしまうのです。でも、経験が浅いときは、失敗はしかたありません。同じ失敗を繰り返さないだけでもまし。参考までに、ベテランだって失敗します。その失敗はもっと大きな損失を招きます。でも、失敗したからといってすべて終わりではありません。ちゃんと収拾すれば、むしろ信頼を得る結果につながることだってあります。

失敗をしたら隠す代わりに、報告すべき上司にすぐに状況を知らせれば、ダメージを最小限にできます。そして、できれば同じ失敗を繰り返さないよう努力すればいいのです。失敗を繰り返さないだけでも、業務能力はスピーディーに成長していきます。

企業で「仕事での文章術」といった内容で講義をするとき、私が一番強調するテーマは「謝罪文の作成」です。最近は、企業の立場を表明する書面や謝罪文がＳＮＳで非難を浴びることも少なくありません。失敗は誰にでも起こりえる、何が間違っていたのかを正確に把握し、対策を立て、再発防止を約束することが大切になります。この「収拾プロセス」が適切なとき、むしろ以前よりも確かな信頼を得られる場合もあります。起きてしまったことに動揺して、失敗を隠そうとしないようにしましょう。それが、誰もが失敗に埋もれず成長していける秘訣です。

ということは、上司の立場では、部下のミスに大胆なアプローチをすべきだという意味でもあります。覆水は盆に返らないのですから、上司がいちいち怒ったり揚げ足をとったりしていたら、同じ失敗がその後も発生したとき、部下は上司を信頼してすぐに報告する代わりに、時間稼ぎをしなくてはと思ってしまうでしょう。収拾する機会を手に入れられないまま膨れ上がっていくミスこそが、大きな失敗へ続く道となってしまうのです。

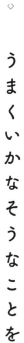

うまくいかなそうなことを見極める方法

誰もが仕事をするときはうまくいってほしいと願うもの。わざわざ失敗しようとする人はいません。うむ、正直に言うならば、失敗してしまえ、と言う人を見たことはあります。人間の闇を決して甘く見てはいけません。自分一人で失敗するくらいなら、他人も道連れにしようとする人だっているのです。

こんなことがありました。ある仕事を始める段階で、何度もこじれることがあったのです。担当者が変わり、その間はその仕事への確信も揺らぎました。こんなふうに始まる前からつまずいていたら後でどうなるかわかったものではないと。でもその仕事にかかわる人はみな信頼できる人たちでした。にもかかわらず、こんなにこじれてしまうと、さすがに意欲もそがれるという関係者たちの言葉に、私はその仕事を受けないことに決めました。その後しばらくして、中心メンバーの一人が退社したという知らせを耳にしました。やっぱりあのときやらないでおいてよかった、と思ったのです。

こういう「始めからつまずく」ような状況は、「うまくいかないこと」の前兆として受け止められます。そこで立ち止まれば、実際に仕事がどう進められていったのかを知る術はありません。ただ、仕事がうまくいかなかったときに振り返ってみると、「あのとき辞めておけばよかった」と思うことがあるものです。

こんなケースもありました。ウェブ小説『セイレン〜悪党と契約家族になった〜』の作家ソル・イスさんとツイッター（現X）のスペースを進行していたときに聞いた話では、本作はほかの作品にくらべてなかなかタイトルが決まらなかったのだとか。しかも、連載が始まった後に『悪党と契約家族になった』から『セイレン〜悪党と契約家族になった〜』に変更したのだそうです。カカオエンターテインメントのグローバル市場を狙った「スーパーウェブ漫画プロジェクト」を再開する中で、俳優イ・ジュノをモデルにした広告動画を撮った初作品で、原作小説も、小説をもとにしたウェブ漫画も、人気作品の上位に選ばれています。いいタイトルが一瞬にして思い浮かぶ作品もヒットしますが、最初に思い浮かんだタイトルがスムーズに最終案にならなくても、大ヒットする場合もあるという例でしょう。

うまくいく仕事は一発でうまくいくんじゃないの？　ころころ変更があったりするとよくないんじゃない？　こんなふうに思うよりも、変化する状況をデフォルトだと思って今現在に集中するほうが、よい結果につながる可能性が高いようです。

でも、うまくいくかどうかを事前に判断することは難しくても、うまくいかない仕事は見極められます。

うまくいく仕事は、数々の幸運や実力が宇宙的に結合して成功します。成功のスケールが大きければ大きいほど、成功要因を一言で要約できるようなケースは見たことがありません。分析する人ごとにさまざまな見解のある大ヒット事例はいくつも見てきました。成功した理由はそれだけ複合的なものなのです。

失敗する仕事も似たようなところがあるにはあります。仕事にかかわった「私」の立場から、何が問題だったのかを正確に把握する努力は必要です。うまくいかない理由の中には、自分と相手の不明確なコミュニケーション、成功へのいきすぎた確信なども含まれます。はっきりしているのは、この「勘」を育てる唯一の方法は、失敗してみるしかないということ。失敗するたびに、この失敗がいつから予測されていたのかを振り返ってみる習慣を身につけるとよいでしょう。

失敗を繰り返したくないならば、計画を立てるよりも、結果を振り返ることが重要です。

「すべては過ぎ去る」と信じよう

ある人は謝りすぎが問題で、ある人は謝らなさすぎて問題となる。たいていは社会的地位が自分よりも上だと判断した相手にはすぐに謝り、下だと判断した人には謝らない傾向があるようです。

あなたがすぐに謝るタイプならば、この事実を肝に銘じておこう。あなたの過ちではないのにむやみに「すみません」という言葉で始めていないかどうか？　その態度が問題に対するあなたの「責任」を認めることにもなりうるのです。問題がどういう部分にあったのかをまず考えてから謝っても遅くはありません。あなたがなかなか謝れないタイプだったら？　謝罪は罰ではありません。あまり大ごとと考えないこと。過ちが明らかなのにそれを認めない人というのは信用してもらえません。責任をとるところは責任をとって、次へと進んでいくべし。

良いことも悪いことも永遠には続きません。この事実がときには慰めにもなれば、悲しみにもなります。つかの間、よい成果が出たからといって浮かれていると大きな事故につながるケースはいくらでもあるのです。脚光を浴び始めたばかりの人が、突然過去をあばかれて没落するケースもまたしかり。それとは反対の場合もあるでしょう。良い悪いに振り回されることなく、いつだって同じ態度の人は、晩年に成功したとき、みんなが心からの拍手を送ってくれるものです。

他人のキャリアを見て評価するのは簡単ですが、自分がどちらになるかはなかなかわかりません。自分にとっては満足できないキャリアなのに、もしかして今が全盛期だとしたら？　今が一番よくてこれからは下り坂だけだとしたら？　いつかは大成するはずなのに、この先20年、今みたいに苦労しなければならないとしたら？　そう思うだけでもつらいのに、一寸先のことなどわからない状態でがんばらなくちゃならないなんて、こんなに大変なことはないというもの。

私のキャリア目標はシンプルです。できる限り長く働きたい。波が寄せれば波に乗り、凪のときは静かに努力して、次の波を待つ。激しい波がやってくるときは乗れないかもしれないし、まるで自分のためのように私をさっと連れ去ってくれるような波もあるかもしれない。どんな波も一度きりだし、結局はどれもみな通り過ぎてゆきます。一喜一憂せずに努力していれば、凪の海でも波の高い海でも、溺れはしないはず。

「誰」からのフィードバックなのかが重要だ

私は文章講座を10年ほどやっています。エッセイの書き方、レビューの書き方、仕事での文章の書き方など分野もさまざまですが、授業でときどき寄せられる質問があります。

「一緒に本を読んで感想を書く小さな会を開いています。お互いの文章を読んで評価する時間があるんですが、はじめの数回を除いてはなかなか上達しません」

顔見知りなうえに定期的に会うという曖昧な社交の範疇(はんちゅう)にいる人に、わざわざ耳の痛い話をする人はほどんどいないといっていいでしょう。ほかの人たちも適度に「おもしろかったです」ぐらいしか言わないのであれば、その雰囲気に流されるというものの。その集まりに来ている人たちの中で、文章を読んで直すことを職業にしていたり、訓練を受けたことがある人がいればともかく、互いに似たような人たちがのんびりゆったりとした気持ちで書いたものを互いに読んであげるというのであれば（つまり作家デビューが目的ではないとか、本を出す準備をしているわけではない）、フィードバックは褒め言葉だけになりやすいのです。

知人Aが、ある文章を書いて多くの人たちにシェアすることになったそうです。Aは多くの人からさまざまな感想をもらい、インスタグラムのDMもいくつか送られてきました。知らないアカウントから届いたDM。ちらっと見える内容は称賛一色。クリックしてみたら、後半部分に気分の悪くなるようなことが書いてあったのだそうです。送り主はDMを読んでもらえるよう、見出し部分にだけいいことを書いて、ずいぶん神経を使った様子です。

私は、フィードバックはとても重要だと思っています。でも、フィードバックならなんでもいいわけではありません。結果を修正するためのフィードバックであればあるほどそうです。つまり、否定的なフィードバックであればあるほど、それは相手を信頼してこそ実践できるものです。だからフィードバックを求めるときは、相手の助言を信じる覚悟ができたときにお願いすること。せっかく助言を求めておいて、褒め言葉なら聞き入れて、批判なら無視する、というパターンを繰り返していませんか？あなたがフィードバックを必要としている人ならば、あなたにとって信頼できる人のリストをつくってみましょう。該当分野の専門家ならばベストです。そうではないとしても、あなたが意見を求める資料を慎重に読んでくれる人、説明に耳を傾けてくれる人であるべきです。仮に、相手が答えを出してくれない場合も、あなたが信頼する人に一つひとつ説明している間に、すでに答えを得ている可能性もあります。

それでも最終決定はあなたの役目です。無条件に受け入れるべきフィードバックはありません。結果についての責任はあなたにあるのです。成功があなたのものであるように、失敗もまた、あなたのものなのですから。

それはその人の仕事だ

これには二つの意味があって、二つとも重要です。

一つ目、その仕事はその人の責任であり、その人がやるべき業務であって、あなたが心配する問題ではありません。あなたが自分の役割を果たした後は、ボールはもう相手にある。逆を言えば、ほかの人が自分の仕事をやり終えてあなたにパスしてきた瞬間から、あなたは、あなたがやるべき仕事をしなければならないのです。自分がやるべきときに他人のせいにしたり、他人がやるべき仕事を不安に思って余計な心配をしたりしていたらメンタルがもちません。チーム作業の場合は特に、任された仕事を各自がきちんとやり遂げれば十分です。

二つ目、「その仕事は自分がするべきだったのに」と思うときがあります。あなたと似たようなポジションにいる人を見て、「あの仕事は私がやるはずだったのに」というわけです。ボスがあの人を可愛がっているから、あの人はクライアントの友人だから……仕事は自分のほうができるのに、なぜか他人にチャンスが回っていっているように見えると、ストレス指数が急上昇してきます。組織にいる人であれ、フリーランスであれ、この手の感情にとらわれてなかなか抜け出せない人たちをよく見かけます。私自身も似たような経験があります。答えは、それはその人の仕事だ、ということ。あなたではない、その人が担当することになった理由は、あなたが思っているとおりかもしれないし、そうじゃないかもしれない。理由はどうでもいいのです。結局のところ、それはその人の仕事になった。その仕事に適した能力や人材を決める基準は、ボスとあなたでは必ずしも同じではないかもしれません。あなたの考えが間違っている場合だってありえます。仮にあなたが正しかったとしても、もうその仕事はその人のもの。恨みつらみをため込まず、自分の仕事に集中しましょう。それはその人の仕事です。

チームワークにまつわる幻想

仕事を長く続けていると、「ファンタスティックなチームワーク」についての幻想によく出くわします。それは、私がエンタメ業界・カルチャー系にかかわる仕事をしているせいもあるでしょう。要は、チームワークを見れば仕事がうまくいくかどうかわかるというものです。ヒットした作品はチームワークもよかった、という類の主張。ヒット作を生んだチームはチームワークもよかったんだろう、という推測。

正しくもあれば、間違ってもいます。成功したチームの中でチームワークがいい場合もあれば、反対に最悪な場合だってあります。伝説的なヒットを生んだ作品のチームワークが伝説といっていいほど素晴らしかった例もいくつか知っていますが、その反対のケースのほうがはるかに多いのもまた事実です。作品公開直前までめちゃくちゃな状況で撮った作品がうまくいくはずがないといわれていたのに、いざ公開したら大ヒットを生んだケースも少なくありません。チームワークはチームワークで成功は成功、ある成功はそこに至る過程を忘れさせてしまうくらいだったり、いくら成功しても二度と続編なんて一緒にやるものかと思わせてしまったりするものもあるわけです。完成までの道のりが素晴らしかったからと誰もが作品のヒットを応援しても、結果はぱっとしなかったというケースもまた、多々あります。

成功はキャリアとなり、それまでのプロセスはチームに参加した人たちの心に残るだけ。プロフェッショナルとは、過程でどんな苦労があったとしても、終わってからあちこちで陰口をたたかない人たちでもあります（もちろん彼らだってそういう話はします。ただ、公式的にそういったエピソードをしゃべりまくったりしないという意味です）。

仕事の過程がスムーズで、なおかつ結果もすべてうまくいくようにと人は期待します。でも、実務の過程はめちゃくちゃで、あったものがなくなったり、想定外のことが起きたりして、結果は五里霧中なうえに予想以上にがっかりさせられることも多いのです。だからといってどうしようもありません。私たちは仕事を続けなければなりません。良かった悪かった、誰々がどうだったなんだというのにこだわってごたごた言って、自分は何も悪くないのだと主張したところで、第三者から見ればみな一つのチームです。

チームは成功も失敗もともにします。もしかしたら、チーム内部の調和いかんが結果に影響を与えないチームこそが、理想的なプロフェッショナル組織なのかもしれません。仕事のために集まった人たちの目標は、ミッションをやり遂げ成果を出すことであって、互いに仲良くなるためではないのですから。

「成功とは、あなたが自分自身を好きになり、あなたが自分の仕事を、そしてそのやり方を好きになることだ」

2014年に他界した『歌え、翔べない鳥たちよ　マヤ・アンジェロウ自伝』（青土社）で知られるマヤ・アンジェロウの語る成功です。なんてかっこいい言葉だろうと思います。個人の人生における成功とは、こうした価値を持つべきではないでしょうか。でも、実務というのは、敵の死体をまたいで、味方の死体をまたいで、自分の死体を敵軍と味方がまたいで、知らない人にはもっともらしく見える花畑をつくること、なのです。

建前はそうですが、私は働く過程そのものも大切だと思います。結果は予測不可能だけれど、過程はつくりあげることができるし、結果がよくないときほど、だめなチームワークが個人に及ぼす悪影響はとんでもない破壊力を持っていますから。

成功したからといって問題がなかったわけじゃない

前節で、チームワークが必ずしもよくなくても成功する事例は多々あるとお話ししました。ならば、「終わりよければすべてよし」ということなのでしょうか？　そうではありません。過程がうまくいっていないのに成功した場合は、多くの問題をはらんでいます。人々は誤った判断や未熟なリーダーシップなどにもかかわらず、結果がいいと、結局のところ誤った判断や決定が正しいものだったのかもしれないと錯覚してしまいます。

最悪なのは、過程の不透明さや暴力的な面までも、成功のための必須要素のように受け入れてしまう人たちがいることです。誰かの犠牲は避けられないものと思われかねない。だから、大成功はときに、もっと大きな災難につながる場合もあります。改善できたはずの問題を、膿んでしまうまで放置してしまうのもまた失敗です。大きな成功であればあるほど、大きな問題は上手に隠蔽されてしまうのです。

もちろん、ほとんどの場合はごくごく静かに失敗しているのですが。

既存の関係が反転するとき

私は自分よりも経歴の浅い組織の代表や編集長と仕事をしています。彼らの能力をリスペクトしているだけでなく、人としても尊敬しています。でもときどき、経歴ばかりにこだわって、自分は本来ならばこういう位置にいるべきなのに、などと言う人に出会うことがあります。私自身そういうふうに考えたことはありませんが、私の感情と彼らの感情はもちろん違うし、キャリアに望むものも違います。

誰もが私のように考えるとは限りません。既存の上下関係が突然自分の望まないやり方でひっくり返って、精神的なストレスを感じる人もいるでしょう。特に50代に入ってこうした経験をすると、多くの人たちは「会社を辞めろというサインなのだろうか」と受け止めたりします。

困った状況に置かれたときは複雑に考えないほうがいいもの。「辞めろというサイン」を先読みして一人で悩まないこと。あなたが最悪の状況に置かれたら、本当に「辞めなさい」と言われるはずです。なぜ、まだ言われてもいないことで悩んでいるのでしょう。いらぬ心配をしながら、どっちが上だ、下だ、経歴はどっちのほうが長い、短いなどと考えているようなら、それこそ本当にクビになるかもしれません。

経歴の長い人が常に仕事ができるとは思いません。何年か長く働いたからといって、なんでも上手にできるなんてとんでもありません。そうじゃない人をあまりにもたくさん見てきましたから。だからといって、組織が能力別に雇用を維持し、毎年一定数の低成果者を切り捨てるべきだとはもっと思いません。組織をフレッシュに保ちつつ、熟練度も持ち合わせる方法の中には、年次にこだわらない人事考課システムが必要です。こうしたことが可能になったとき、高年次の人も、経歴を生かした就職や転職が可能になるはずです。

仕事によっては、年次は関係ない場合もあります。今できる仕事をしましょう。不当な左遷型人事ならば話はまた変わってきますが、年次にふさわしい待遇を望んでいるあなた一人の主張ならば、それを聞き入れてくれる人はなかなかいないだろうし、あなたの次の椅子もまたしかりです。

既存の関係がひっくり返って、今まで頼りがいのある同僚だった人がもっと高く羽ばたいていくのを見ると、こちらまで楽しい気分になりませんか？　上下関係にこだわらず、こちらも頼りがいのある同僚として、ともに歩んでいく方法を考えてみましょう。

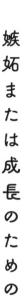

嫉妬または成長のための刺激

健全な心とはどういうものを言うのでしょう。ただ太陽の日差しだけで影もなく、荒波も起こさないことでしょうか。でも、永遠に浮かんでいる太陽など存在しないし、日が差しているのに影をつくらない方法なんて聞いたことがありません。嫉妬について私が思うことも同じです。

欲しいものがたくさんあるとき、私たちの視野は狭くなるものです。国語辞書では「嫉妬」をこう定義しています。「ほかの人がうまくいったり、自分より優れていると感じる人に対してあからさまに羨ましく思い、妬むこと」。ここにはポジティブに解釈する余地は一切ありません。「あからさまに」他人を妬む人の顔を見たことがありますか。顔のつくりとは関係なく、心のどこかから暗い気持ちがどうすることもできずに漏れ出てくるような人相になってしまうこと。他人の不幸を喜ぶ顔、心配しているふりをしながら内心喜んでいる顔。おそらくそれがごく普通の嫉妬の顔でしょう。私自身もそんなふうにはなりたくありません。でも、「嫉妬」というのは愛する対象が（自分ではない）別の人を好きだとわかったときに湧き起こる感情でもあり、私にとってこの感情は、他人の顔をした一番理想的な自分と現実の自分がぶつかるときに起こる「情動」ともいえると思います。

私の場合、嫉妬する対象は好きな人たちだけです。自分にない長所を持った人のそばにいたいと思うこと。でも、私の嫉妬が辞書の定義と異なるところは、ほかの人がうまくいったりすると、とても嬉しくなること。冗談半分で、私の周りにいる人たちはみんな成功する、とよく口にするのですが、友人たちが手に入れたいチャンスを逃さないよう、積極的に背中を押すのも私です。不思議なことに、転職や（新しい）勉強といった「いい」チャンスは、一見すると「馴染みのない」チャレンジだからこそ、一人称で見る限りは躊躇したくなってしまうもの。でも、三人称で見てみると、「今すぐやったほうがいいよ！」となる場合があります。私自身もそうです。友人が一人称で悩んでいるとき、私は三人称で発破をかけます。そういう決定はいつもいい結果につながることが多いです。あっ、このあたりで一言お断りしておきたいことがあります。

同じ「チャレンジ！」と叫ぶ場合でも、仕事と恋愛ではまた話が違ってきます。仕事にまつわるチャレンジならば失敗したように見えるときすら、その失敗から学べるものがありますが、恋愛に関しては必ずしも同じように言えるかどうかはわかりません。恋愛ほど、三人称の視点によるアドバイスが役に立たないものもないですから。

嫉妬の対象が周りに多いというのは、私の長年の自慢でもあります。私よりもはるかに優秀な人たちがたくさん周りにいます。今もそうです。人間はとても複雑にできているので、一つをとって評価するのは難しいし、個人的には嫌いな人にだって、自分より優れた部分というのはあるものです。

他人に対して一番羨ましく思うのは、社交性かもしれません。ＭＢＴＩ（Myers–Briggs Type Indicator（マイヤーズ＝ブリッグス・タイプ指標）は、個人がどう世界を認識し、物事への決定を下すかについての心理学的な選好を示すことを目的とした自己申告型のアンケートで、検者は、外向型・内向型、感覚型・直観型、思考型・感情型、判断型・認知型の４つの二分法を掛け合わせた16の性格類型を示す）式に言うならば、Ｉ（内向型）ではなくＥ（外交型）タイプの人たち。子どものころから私はごく少数の友人たちを除いては、深く付き合うタイプではありませんでした。人付き合いのあるほうが新しい企画を思いついたりしやすいものですが、自分と同じタイプの人たちといると居心地がいいあまり、知らない人たちと付き合って新たな関係を築いていくというのはあまり気にかけてこなかった気がします。例外があるとすれば20代のころでしょうか。会社員になってからは仕事帰りに飲み会に参加したり、当時は親しいとか親しくないとかあまり気にせず付き合おうと努力したりしていました。でも、社交的になろうと努力する人と、社交的な人とはそもそもまったく違うんだとも思うようになりました。

10年前に会った複数の人たちのこともきちんと覚えている人、名前をちゃんと記憶している人になりたいと思っていました。でも、人の名前も顔もなかなか覚えられない私には、誰かに挨拶されるとそのたびに絶望的な気持ちになって、なんとか頭の中をひっくり返して思い出そうと必死になっていたものです。先日、教育番組の収録があって、4年ほど前に一緒にお茶をした方に、あの日のことを覚えているかと声をかけられてとまどってしまいました。話を聞いてやっとそのときのことを思い出せたのですが、思い出すのに時間がかかりすぎたせいで、再会してすぐに楽しく思い出を語り合うことはできませんでした。1、2時間コーヒーを飲みつつ話しただけで思い出とは呼べないかもしれませんが、それでも一緒に座って時間を過ごした。そういう記憶をたぐり寄せられるような時間的なゆとりがあればいいのですが、会社にお邪魔してエレベーターで「あ、イ・ダヘさん、お久しぶりです！」と声をかけられても一瞬混乱したまますれ違って終わってしまうのです。

ネットワーキングの上手な人を見ていると、そもそもネットワーキングをしているという自覚がないようです。こういう人を私は永遠に羨ましく思うでしょう。ただ好きで誰かに会っているだけなのに、結果的にとてもいい関係やチャンスにつながるというようなところを。「紹介してあげようか」ともよく言われて、お願いしたり遠慮したりしますが、社交的な友人はとても羨ましい存在で、彼らの長所を喜んで受け入れるので、できれば見習いたいとも思っています。

社交の達人たちといるときは、こういうふうになります。一緒に食事に行った。誰かが来て挨拶をし、私も紹介されて、いつのまにかメンバーが増えている。問題は、私がこういうときつっけんどんになってしまうので、私のことをよく知っている人ほど、見知らぬ人との同席を避けてくれるという点です（それがいいのかどうかは謎として残るでしょう。私は年齢を重ねるにつれて、自分が苦手とするほうに人生を寄せていくべきだと思っているからです。歳月とともに安住してしまいやすいですし、冒険のチャンスも減るので、セーフティネットの外にいるためには、もっと積極的に努力すべきだと言い聞かせています。気持ちはそういうふうに持っているという意味で、実際の私はもっと安全地帯にいようとしているのです)。

人の人生は、三人称の立場から眺めているときにはわからない局面で満ちています。いくら長年一緒にやってきた同僚でも、その人が仕事で経験してきた困難は私にはわからないし、ときに私がその人の「困難」の根源だったりもしかねません。親しい友人も同様です。お互いに日常の細かい内容をやりとりしていても、改めて話そうと決心する前までは、本当の悩みがなんなのかわからないまま長い時間が過ぎていたりするものです。だから他人の人生についてとなったら、その人が言葉では表現していない、外からは見えないさまざまな悩みがあるのだろうと思えば、嫉妬で苦しむことも避けられるのではないでしょうか。私は、自分が進めない道を力強く進んでいく人たちを羨望のまなざしで眺めています。同時に、彼らが語らない苦しみを私が知らないという理由で過小評価したりもしません。

自分が嫉妬している相手に追いつこうと努力することが成長につながる場合もあり

ます。私は、仕事のときはスピード重視ですが、速度に神経を使わずに完成度を高める努力をする人を尊敬しています。なかでも、クリエイティブな仕事をしている人たちのしつこさというのは、大きな長所でしょう。適当なところでやめて楽をしようという気持ちを抑制できる資質のことです。こうしなければ、ああしたほうがいいというアドバイスがこの世にはあふれていますが、他人に向いている方法が自分にもぴったりとは限りません。他人のやり方は参考にはなるものの、自分で試行錯誤を経るまでは、その答えはわからないものだからです。

他人をありのまま認め、自分をありのまま受け入れ、嫉妬は傷つかない程度にし、自分自身も成長できる。嫉妬する心は（意識的であれ、無意識であれ）人と比べるときに起こるもので、比べなければ今日の自分は昨日の自分よりも成長できません。でも嫉妬心にとらわれていると、他人の長所をありのまま受け入れられずひねくれた人になってしまいかねません。この二つの間で、バランスをとりながら努力していくしかないのではないでしょうか。

私が他人に嫉妬する部分は、自分がこうありたいと思う理想的な自分と現実の私の間に存在するギャップだと思っています。社交性とともに、私にないのが無謀さです。無謀さは、結果を考えないでいいという否定的な意味で解釈される場合もありますが、ときには結果のいかんにかかわらず、思い切って飛び込まないと飛躍できないものです。石橋を叩きすぎていては、疲れてしまいかねません。

誰でも「信頼のジャンプ」が必要な時期があります。自分を信じてくれる誰かを信じて、目をぎゅっとつぶって大きな一歩を踏み出す瞬間のこと。道は見えなかったのに、どこから見ても虚空だったのに、足を踏み出した瞬間、その下に堅固な橋ができている（もちろん虚空の場合もあり）。虚空ばかり見ていると、歩んできた道を振り返ったり、その場所をぐるぐる回ったりするしかありません。今までの自分を信じ、手を差し出してくれた人を信じ、ときには身近な人の反対も押し切って挑戦するということが私にはほとんどありません。無謀なほどの勇気がないのか、無謀になれるほどの情熱がないのか、私にとってはいつも課題になっている気がします。だから、チャレンジする人を応援したくなる。自分にはできなくても、応援する気持ちに偽りはありません。

以前、とても条件のよさそうなオファーを断ったことがあります（一度ではなく数回）。10年ほど前に自分が断ったチャンスをつかんで、現在もそのポジションで働いている人に会いました。イベント会場の片隅で、その人が名刺を渡しながら挨拶してくれたのですが、私もその人もかつて同じポジションでオファーを受けたことを覚えていました。そこで、その人に嫉妬心が湧いたかというと、そうとも言えるし、そうじゃないとも言えます。そのポジションはその人のほうが向いていると（当時も今も）思いました。その人はその場所でベストを尽くしていたのだし、私も自分の場所で一生懸命やってきた。今の私が、心に何かモヤモヤがあるのならそれは私自身の問題であって、自分の置かれた場所でベストを尽くしている他人のせいではありません。

嫉妬は、安全地帯にとどまってあがいている私を刺激してくれます。だから、必ずしも友人や同僚のように身近な人ではなく、個人的に知り合いでもなんでもない有名人だとしても、嫉妬心でもって見つめるときはあります。おもしろい小説を読んだとき、私は嫉妬を感じます。ストーリーを紡ぎ出し、誰かの心を動かす才能が羨ましい。絶妙なタイミングで投資できる人が羨ましい。時間であれ、お金であれ、大胆に投資できる人は、慎重に考えた結果なのでしょうが、無謀にも思えるほどの大胆さがあるものです。モノが少なくて清潔なスペースに身を置くと、私は羨ましくなります。ミニマリストを目指しているのにマキシマリストと化している自分は、必要なモノだけですっきりとした空間をつくりだせる人を尊敬しています。このリストはいくらでも続きます。体系的に仕事ができる人、計画をきちんと実行できる人、規則的な生活習慣がある人、コンスタントに運動を続けている人。

私が「こうありたい」という資質を持っている人たちを羨ましく思い、憧れ、尊敬し、私自身も磨いていこうと努力する。努力しても気がつけばまた元の位置に戻っていたりしますが、トライして努力する過程で少しずつ変化もしているはずです。明日の自分に今日の自分が会ったら、羨ましく思うような人であってほしい。健康的な生活習慣があり、落ち着いて仕事をしていて、新しい関係にも挑戦する積極的な人であってほしい。まだ完成されていない未来の私のための燃料に名前をつけるとしたら、それは私の場合「嫉妬」です。

よりによってなぜ私を選んだのですか、こんなにたくさんの人がいるのに

feat.〈裏切りのバラ〉

長く仕事を続けてきた人ほど、人間関係にまつわるエピソードは、10トントラック三台分はあるでしょう。ほかのプロジェクトと似たり寄ったりだった仕事がスムーズに進み、大ヒットのきっかけになったとか、その反対に大きな損害を出して終わったケースなどなど、どんなプロジェクトにも人が中心にいます。仕事はつらくても我慢できますが、人間関係でつらいのは我慢できないという話もよく聞きます。人は予測不可能で、あまりにも多くの要素を含んでいますから。一人の人が自分のこれまでの人生の延長線上に存在していても、そのすべての要素を他人が理解するのは不可能というもの。普通は「自分が困った経験」を強調するものですが、そういう本人たちも誰かを大小さまざまに困らせた経験があるはずです。「自分は間違ってなどいないのに、

どうしてこんな目に遭わないとならないんだ……」という嘆きもよく耳にしますが、そう言っている人の隣から見ていると、思わず首をかしげてしまうことも多々あります。つまり、どういう行動が間違っていたのかは、人それぞれの見方によって違いますし、人は自分が思っていることをすべて口にし、表現して生きているわけではないので、目に見えていない恨み言などはいつも存在するものなのです。

こちらの人はこういうふうに、あちらの人はああいうふうに、それぞれが悔しい事情をかかえています。

一人で悔しい思いをすることもあるでしょう。たいていの場合、それぞれの立場があります。特に、両者がやりとりする仕事に時差があればあるほど、立場は分かれます。1年前に私が助けてあげた人が、今は私を困らせているとしたら？　相手はあのときはあのとき、今は今と思っているのでしょう。私はあのときああしてあげたのに、今回はやられたといったように。

プライベートでは裏切ることもあるだろうし、仕方のない行動だったのかもしれません。仮にあなたのしたことが違法だったり、社則違反だとしたら？

こうした原則的な話は、仕事がらみで悔しい思いをさせられた人の恨みをはらしてはくれるものの、なんの助けにもなりません。私が仕事を紹介してあげた人が私をプロジェクトから除外してきた。私が失敗の後始末をしてあげた人が私の失敗をあげつらって困った。私が紹介してあげた仕事でもって私の仕事の邪魔をする。こういう類のことで一度大きく傷つけられると、なんの問題もない人間関係すら疑ってしまうようになります。そして、心を開きすぎないように慎重になるし、距離を置こうとしたり、あるいは自分も積極的に他人を利用しなくてはと思ったりするのです。それも、次のチャンスがあるとは限らないタイミングで裏切られると、致命的な傷を負うことになります。

キャリアを積めば積むほどつらい経験も増えるもの。良い経験よりも悪い経験はいつまでもついてまわって、同じ目に遭わないようにと思うあまり、何度も不快な感情を味わうはめになったりもします。

でも、新しく出会った人は、あなたが過去にかかわりのあった人の延長線上にいるわけじゃない。信じる信じないの問題ではなく、新しく出会う人は新しく受け入れればいいのです。人との付き合いにおいてもっとも重要な原則は、「心のおもむくままに」です。振り返ると、こじれた関係よりも円滑な関係のほうがいつだって多かったはず。失敗に気圧されて一歩を踏み出せず落ち込んでいては、あまりにも悔しいじゃありませんか。

フリーランスに降りかかる災い（のうちの一つ）

あなたがある会社のAチームと仕事をすることになったとします。内容にはBチームもかかわっていて、結果的に両チームとも仕事をすることになりました。あなたの担当業務はAチームが企画したものですが、Bチームとも打ち合わせがありました。ところが、Bチームの雰囲気が微妙です。その打ち合わせであなたは気づかなくてもいいことに気づいてしまいました。Aチームとチームの仲が良くない！　あなたの仕事はAチームで始まったものだから、Bチームはあなたの力量や能力とは関係のない理由であなたのことを斜めから見ているわけで、仕事にも非協力的です。

一人で働く人は味方をつくるなんて夢のまた夢で、まずは敵をつくらないという覚悟で仕事をしている場合が多いと思います。でも、あなたは、はからずも二チームに挟まれて、あなた自身の仕事は台風の前の焚火のようになってしまうことがあるのです。

すべての状況を細かく把握して、どちらのチームが正しいのか知りたくなる気持ちはわかります。でも、あなたがでしゃばって調べる必要はありません。誰だって自分の立場からものを言うのだから。あなたが正確に状況把握できる情報を手に入れるためには、二チーム以外の人たちの意見を聞くほうがいいでしょうが、だからといって「完璧に客観的な」状況把握にはならないでしょう。それに状況を知りたいからとあちこちに顔を出して（組織外の人が「あそこって最近○○なんだって？」といった具合に根掘り葉掘り聞きまわり始めると、組織内の人は「余計なお世話」だと感じます）かえって、軽率な言動をする人と思われるのがオチです。ただのゴシップ好きな人になってしまいます。

あなたは逆に、第三者なのだから両チームの不和が起きる最も深刻な災難からは逃れられる可能性が高い。わざわざでしゃばって台風の中に入っていく理由はありません。

誰かが教えてあげると言ってきても、上手に避けましょう。誰だって自分の立場でものを言うのですから。そのことを肝に銘じておくように。

長所が短所になってしまっているんですが、どうしたらいいでしょうか？

次は同じ人に対する二つの異なるニュアンスの評価です。これ以外にもたくさんの組み合わせが可能です。

自分勝手だなあ
のびのびとしてるなあ

慎重だね
のろいね

企画の幅が広い

世間のことに疎い

ユーモラスな人

つまらない人

誰かと親しく付き合ってみたり、別れたりもしてみた人ならば誰だっておわかりでしょう。その人の長所が短所に見えた瞬間、その関係はもう終わりです。

仕事のための文章術の授業のとき、ニュアンスの違いに気をつけようという話を必ずします。几帳面と神経質、自由奔放とわがまま、情熱的と欲深いなど、一人の人の特徴を表すのに相反するニュアンスの単語が存在します。どちらを選んで表現するかは発話者の偏見やものの見方を表します。だから、ときには相手の言うニュアンスに耳を傾けてください。なにも否定的な意味で使っていないつもりでも、聞く側の状況や気分によっては、意図とは違って受け取られる場合もあります。同じ人に「慎重なんですね」という人が何人かいるとき、その中には褒め言葉で言っている人と非難を込めて言っている人がいます。そのすべてを正確に判断はできないうえに、感情を一ミリの誤差なく表現してやりとりするのも難しいものです。

ただ、自分に関して似たような評価が、時間が過ぎるにつれてポジティブなニュアンスからネガティブなニュアンスのほうに変わっているように感じられたら（あるいはその反対だとしたら）、自分のパフォーマンスを慎重に振り返って、態度を改める努力が必要になってくるでしょう。他人についての評価は、思いがけないことに実際のパフォーマンスよりも感情的な印象に左右される場合も多くあります。

でも、絶対に一言一言にいちいち反応したりはしないように。それもまた、その日の天気のようなものですから。

ミスのない判断は可能か？

『NOISE 組織はなぜ判断を誤るのか？』（早川書房）は、人が判断を下すときにミスが生じる原因を大きくバイアスとノイズに分けて説明しているもので、二つのうちノイズのほうが大きな問題とされています。バイアスについてはすでに多くの論議があります。特に、選挙シーズンになると誰でも自分だけの政治的なバイアスや他人のそれについて一言あるでしょう。でも、ノイズはほとんど論じられてこなかったうえに、健全な議論を汚染させてしまうというのが本書の主張です。同じ事案について専門家たちの意見が極端に分かれるときに結論が甲論乙駁（こうろんおくばつ）になる理由として、ノイズによって起こる問題とその予想方法を説いています。刑事司法制度から科学捜査、医療ガイドラインや採用システムなど、重要な判断が下されるさまざまなケースに言及されています。

チャンスが一度しかない重要な判断を下すときに忘れてはならないのが、「今のみなさんをここまでにしてくれた個人的な経験は、一回限りの決定と必ずしも相関関係があるわけではない」ということです。各章では、判断（judgement）と思考（thinking）と、正確な判断を下すこととは同じではないという事実をはじめ、人間の心が不完全なせいでノイズが存在することなどを正確に指摘しています。

直感を発揮したいときも、まずは「いくつかの項目を個別に評価して結論を出してから」発揮したほうがいいそうです。人々は望まない結果になったときバイアスのせいにしますが、結果が違った場合もバイアスのせいにするでしょうか？　また、クリエイティビティを引き出す方法として、余白を抜きには語ることはできません。本書は不公平に立ち向かう方式として、ノイズを抑えるよう読者に訴えます。ノイズを取り除くためには、何かを判断するときの目標は個人的な意見を表現するためではなく、正確さを測るためであることをはっきりさせ、統計的に考えつつ、外部の観点を活用するといいのだと言います。早急な直感は少し我慢して、まずはさまざまな観点からの独立的な判断を集めるようにしましょう。

でも、あまりにも頻繁に重要な判断を下す立場にある人は、データを見ているふりをして自分の過去の経験をもとに判断している場合も多いもの。そういう人たちを止めるための本も必要でしょう。せっかくなら、彼らが自ら気づく方法についての内容で。

原則どおりに働く人

私たちは革命家になる必要はないが、誠実に働くことで誰かの命を救えるかもしれない。作家クァク・ジェシクの『おしゃれクァク上司』（멋쟁이 곽 상사、未邦訳）は、休戦ラインの付近で「郷土情報化市民担当官」という職位で働いている物語です。

クァク上司はもう70歳を過ぎていますが、仕事を頼まれると「さまざまな理由をつけて仕事をしませんでした」。仕事の処理スピードも遅く、鳥肌が立つほどのことなかれ主義に徹底している人に見えました。ただ、どういうわけか、クァク上司は必ずアイロンをかけた服を着る人だったのです。朝鮮戦争当時、民間人を虐殺せよという命令を受けたことがありました。クァク上司とその部下たちは悩みに悩みます。ところが、クァク上司は部隊員たちに「今日みたいな日に」軍服はきちんと着るべきだと小言を言います。軍服が汚いとその日の作戦を遂行できないという主張が連日続き、察しのいい兵士たちは、服を汚しながら仕事をするようになります。そしてここぞとばかりに軍服を洗濯してアイロンがけをしますが、クァク上司はまだまだ足りないと言って作戦の遂行を遅らせるのでした。そしてどうなったでしょうか？

ハンナ・アーレントが言う「悪の平凡性」と反対の話。英雄が人々の命を救ったというには、クァク上司は単なる原則主義者にすぎませんでした。命令を遂行する条件を一つひとつ徹底して調べ、完璧を追求したクァク上司と、もちろん成し遂げられるはずのないその完璧さのおかげで、命拾いした大勢の人たちを思うと妙な気分になります。命令に服従しなければならないため「しかたない」と言いながら悪の一部になる人もいれば、最善を尽くして原則を守り、悪事を働く時間を遅らせる人たちもいるのです。

仕事をしていると、アウシュビッツのガス室を管理する人ほどではないにせよ、大小さまざまな悪いことに巻き込まれやすいものです。そういうとき、クァク上司の知恵を思い浮かべてみてください。そして悪いことから、永遠とまではいかなくとも、一日でも長く、私たち人類を救ってほしいと思います。

4

自分を見失う前に、
疲弊する前に

自分を傷つけてまでやるべき仕事なんてない

座右の銘は特にありませんが、仕事をするときの大原則があります。

自分を傷つけてまでやるべき仕事なんてない。

これは健康についての話でもあり、また自己肯定感についての話でもあります。問題は、あなたが若くて健康ならば、「自分自身を傷つける」という感覚を持つのは難しいだろうという点です。持ちこたえられるから。あなたは耐えられるし、明日も早朝に起きられる。10年後、20年後の体力と精神力を今日消費しているのも知らずに、仕事をし、人に会う。自分の中のどこかで何かが壊れる音がしているのに、前へ前へと進んでいけるときというのが人生にはあります。

自分を傷つけてまでやるべき仕事なんてない。

会社あるいは会社の人たちのことを考えて、なかなか眠れないまま朝を迎えた？　そこまで無理して続けるべき仕事はありません。でも問題は、いわゆる「いい職場」に勤めている人たち。仕事が自分を傷つけているとわかっていても、30年後を考えなさいという家族からのプレッシャーからは逃れられません。いや、家族までいかずとも本人自身がそうした考えにとらわれているのです。「ここで負けたらだめだ。とにかく耐えるんだ」。誰もが「いい職場」だという場所から抜け出すのは、人生の失敗のように感じられて、自分という人間が摩耗して消耗させられても、その場所を守ろうとします。

自分を傷つけてまでやるべき仕事なんてない。

そこまでして働く人なんているのか、と思いますが、長らく働いてきたいわゆるベテランたちは、だいたいが傷つけられた経験を無難に流すことに長けている人たちです。傷つかない方法を知っている人たちなのではなく、傷ついても、痛みを無視する方法をトレーニングした人たちに近いと言ったほうがいいかもしれません。いくら傷ついても（身体的に病んでいるときも）、表に出しません。
そうして本当に大きな問題で悩んだり、大病をしたりして、永遠に立ち上がれなくなってしまうケースも。

多くの人が仕事ができなくなるまでは、なんとかして耐えようとします。

守りにくいからこそ、何度でも繰り返して心に刻むのです。
自分を傷つけてまでやるべき仕事なんてない。

ゆっくり走る練習

チョン・ソンランの『千個の青』(早川書房)は、2019年第四回韓国科学文学賞・長編小説部門大賞受賞作です。2035年、競馬の騎手は人間からヒューマノイドにとって替わりました。C-27と呼ばれていたヒューマノイド騎手は、トゥデイという黒馬とタッグを組んで競技に挑みます。両者ともに飛び抜けた実力を持っているうえに息もぴったりで、記録を更新して優勝します。問題は、時速100キロを超えることの記録が持続可能な性質のものかそうでないかという点でした。トゥデイの関節にトラブルが起きてC-27は落馬し、廃棄の危機にさらされます。ロボットに関心のあるヨンジェはC-27を家に持って帰り修理し、ブロッコリー色をした彼にコリーという名前をつけました。小説が始まってしばらくもしないうちに、この非凡な馬とヒューマノイドが迎える結末をあなたも予感するはずです。

どちらにせよ、私たちにはヨンジェがいます。ヨンジェとヨンジェの姉ウネ、そして姉妹の母親ボギョンと亡くなった父親で消防士のエピソードが順に語られます。ヨンジェは知りませんが、母親ボギョンはもともとは俳優でした。デビューして短編映画をいくつも撮り、評価されてもいた。『千個の青』はものすごくおもしろい小説で、登場人物一人ひとりの躍動感が印象的ですが、この作品には仕事について考えさせられる忘れらない部分が二つあります。

一つ目は、ボギョンの過去。ボギョンが俳優として活動していたころ、フィルモグラフィーの管理には初めから慎重でした。中途半端な作品には出ないようにして、将来俳優として確固たる地位について過去のキャリアを誇れるよう努力していたのです。でも、24歳のある日、稽古場から火が出てやけどをし、俳優の道を断たれます。生死の境をさまよっただけに、大勢の人たちがその事故について、それくらいでよかったと口にしたのでしょう。

ボギョンの心情が他人事とは思えませんでした。最初から慎重に歩みを進め、未来の誰にも後ろ指をさされないよう進むべき道を整えておくんだという思いは誰にでもあるでしょう。でも、計画どおりにすべてがうまくいくわけじゃない。だからといって、失敗した人生になるわけでもない。ボギョンは大事故から生き残った。キャリアが続くか続かないかという事実よりも、生き続けていられるという事実のほうが尊い。計画どおりになったのか、どれくらい発展したのかに気をとられて、私たちはときどきもっと大切なことを忘れてしまうのです。

二つ目は、ヒューマノイドのコリーと馬のトゥデイ。彼らは息もぴったりです。時速100キロを超すスピードを記録したのも、トゥデイの気分をコリーが読めるからでした。問題はもっともっと速く走りたい馬の気分に最後までついていくには、彼らの時間はあまりにも短く、トゥデイの生命も短いということ。生まれもった高い実力にチームワークのよさで、彼らが能率を極大化させるとき、目覚ましい成果がでますが、その結果は持続可能なものではありません。

永遠に加速し続けられる生命はいない。極限まで加速した状態を永遠に維持できる生命もいない。速度に惑わされるとリスクは高まります。『千個の青』を号泣しながら読み終えて息を整えましたが、「私たちはみんなゆっくりと走る練習が必要だ」というシーンでまた涙があふれました。

思いどおりのスピードが出ないからといって悩んだりせずに、長く走る心づもりをしておきましょう。自分にも、自分の愛する人にも、聞かせたい言葉です。

真摯な貢献

昔はかっこよかったのに、老いた今になって理解に苦しむような決定をする人たちを目にすることがあります。年齢を重ねるうちにわかってきました。この世の誰もが他人を理解させるために生きているわけではないのだと。自分自身のために生きていくだけなのです。その人が（他人には理解できない）決定を下す理由もまた、他人は理解できないでしょう。

同じ理由で、他人の理解不可能な決定をわざわざ受け入れる理由もありません。彼らは彼らの道を、あなたはあなたの道を、私は私の道を行けばいい。

他人がどんな道の上で、どんな眺めを目にするのかはっきりとはわからないから、はた目にはいつまでも飛び続けているように見えた人が突然墜落したり、長い墜落から復活して突然浮上したりする姿を見ると、人は驚きます。ある俳優がこんな経験をしました。10年近い、長いスランプと、ほとんど完璧と言ってもいいようなスターダムへの復帰です。その俳優に何度かインタビューをした先輩が言うには、彼はそもそも優れた才能を持っていたが、スランプの間、自分の力で乗り越えるために苦労し、人々がなぜ出演するのか理解に苦しむような映画も真剣に選んで演技をしていた。復帰以降も彼の作品選択は理解できないものであふれていたが、選択した作品の結果はどうであれ、作品の中で彼はいつも最善を尽くしているのだと。

彼が最悪の時期を乗り越えた秘訣は、彼を信じてくれた人たちのおかげでした。そうした人たちが声をかけてくれる新しいチャンスだけが救いへの道となってくれたのです。興行であれ批評であれ、ヒットした作品でも失敗した作品でも、彼は変わりませんでした。うまくいくことばかり一生懸命やるのではなく、うまくいかなそうな仕事でも適当にすることはありませんでした。最悪なときも最高のときも、常に彼の変わらない態度は努力の結果でもありますが、彼を信じてくれる才能ある周囲の人たちがいなかったら、最悪の状況から抜け出すこともまたできなかったはずです。30年のプロフェッショナルとしての真の貢献とはそういうものだと思います。理由を問いただす時間があったら、与えられた仕事をしましょう。栄光も永遠には続かないけれど、失敗もまた永遠ではありません。そして、誰かのための真摯な貢献というのは、成功や失敗とは関係のないものなのです。

スランプのサイン

燃え尽き症候群まではいかないものの、燃え尽き症候群ではないともいえないもの

スランプと燃え尽き症候群（以下、燃え尽き）の違いはなんでしょう？　前者は「うまくいかない」感じで、後者は「不可能だ」と感じることではないかと思っています。スランプは「機能はする」という意味で、燃え尽きは「何をやってもだめだ」に近い。

スランプは水たまりに落ちるような当惑感で、燃え尽きは浮き輪一つにしがみついて茫々たる海原に浮かんでいるような感じとでもいいましょうか。

スランプがやってきたらうまく対処しないと、もっと大きな災難に飲み込まれてしまいます。

例えば、いつもやっていることなのに企画案がなかなか進まない。何も浮かばないほどまではいかないけれど、クリアにアイディアが整理できない。思考がストップし

てしまったようで、何をしてもつまらない。今すぐやるべきことを前にして、別のおもしろそうなことが目に入ってくる（例：歯だけでロープを噛んで1トントラックを引っ張る、お茶碗の米粒を数える、新しいフィードはないかとSNSを何度もチェックしてから、新しくアカウントを100個追加でフォローする）。

どうにかこうにかできるのならば、急ぎの仕事「だけ」片づけてから休むようにしましょう。

休暇も、仕事みたいに効率的に休もうとする習慣がある人は、休暇をとるといいながらタイムスケジュールをざっと考えて順序どおりにこなしていこうとする可能性も高いといえます。でも、これは休息とはいえません。

目覚まし時計をセットせずに眠る週末をつくりましょう。出勤している人たちはいつもどおりの時間に目覚めてしまうかもしれませんが、それでも、目覚まし時計なしで眠ってみましょう。

神経を使う仕事が多いときは、神経過敏になっていて覚醒しているため、なかなか眠れなかったり、眠っても朝方目が覚めたりしてしまう人もいるでしょう。休息をとりたくても、休めないわけです。こういうときは眠る一時間前からスマホを置いて本を読むのもおすすめです。でも、私がもっとよく使う方法は、アイマスクをつけてから45分程度の睡眠・瞑想映像をかけて眠りにつくものです。ネットフリックスで視聴できる『ヘッドスペースの睡眠ガイド』というもので、映像ではありますが視聴はせず、かけっぱなしにしておいて呼吸をあわせて眠りにつくと、頭の中がごちゃごちゃしているときも、比較的リラックスして眠れました。こんなふうにまずはリズムをつかんでから、運動やヨガなど、ほかのことにもトライしてみましょう。

休息だからといって、何かを追加してやれという意味ではなく、まずはあれこれ考えずゆっくり眠り、ぼうっとする時間をもつようにすることが大切です。こういう行動だけでも、心の中のもやもやした考えごとがある程度整理されます。

もう何をしても何も手につかない状態ならば、それは燃え尽きているかもしれません。専門家の助けを求めましょう。睡眠のリズムが崩れているなら、食事の時間が乱れているなら、仕事のことを考えると息苦しくなるなら、日常までめちゃくちゃになっていると感じるのなら……あなたの問題を声に出して他人に話すのは回復のための大切な第一歩です。

お金、時間、エネルギー。

日常と休息を考えるときに、この三つも一緒に考えましょう。この三つのうち、あなたが一番豊富な資源をもっているものをメインにした計画を立てるようにしてみてください。性格や年齢によって、休息のタイプも変わってきます。

燃え尽き症候群になったときの対処法

これを読んでいるあなたが、燃え尽き症候群（以下、燃え尽き）をまだ経験していないのなら、「自分は違う」と思っているかもしれません。燃え尽きについての記事や本、動画を見て、適当なラインを設定しておいてがんばることは可能だと思い込んでいるのでしょう。私もそうでした。一日に17時間座って仕事ができたとき、あんなに集中して短期間に成果を出せたことを確かめられたとき、その後、思う存分眠って休息をとれば、疲れもとれたと「実感」できたとき、自分はやれるところまでやってみようと思ってがんばっていました。私が思うに、問題は単純だったのです。「できるのになんでやらないの？」仕事を先延ばしにするようになってから、本格的に発生するようになりました。仕事を先延ばしにするのが問題というより、どうしても仕事を始められなかったのです。先延ばしにしているつもりでいたのですが、実は、単なる不能状態でした。ここでは、私の経験から、燃え尽き予防の方法ではなく、燃え尽き初期段階に、それ以上悪化させないためのセルフケアの仕方についてお話しします。

症状編

燃え尽きは単純な疲労問題ではありません。いくらたくさん遊んでも、そのせいでお金も名誉も体力も失ってしまっても、それを燃え尽きとは呼びません。すべてを「最後まで使い切った」という条件は同じでも、なぜ仕事は燃え尽きにつながり、遊びはただの再充電になるのでしょうか？　一生懸命生きていれば疲れることだってあります。驚くことじゃありません。でも、燃え尽きは一時的な疲労感ではすまないのです。『ただ少し大丈夫になりたいとき』(그냥 좀 괜찮아지고 싶을 때、未邦訳)を書いた精神健康医学科の専門医イ・ドゥヒョン先生に会ったときに、燃え尽き症候群についてもうかがいました。使い切り症候群、気絶症候群ともいわれる燃え尽き症候群は「情熱的な人がなりやすい」という言葉が印象的でした。仕事が多い少ないの問題で説明する場合もありますが、仕事の量は問題の一部にすぎません。燃え尽きるときは無意識に成果のでないやり方を選んでいて、(仕事を先延ばし)成果への評価も先延ばしになります。

いわゆる、成り上がりタイプの成功者たちを見ると、みなかなりの仕事量をかかえていて、「すぐに疲れる」私ですら罪悪感を感じるほどです。「あんなに成功した人でも毎朝5時に起きてるの？」「毎日読書してる？」「じゃあ、私はあとどれだけやらないといけないんだろ？」そういう人たちを身近で目の当たりにしていると、すべてが事実ではないにせよ、実態は知られている内容よりも、もっとすごい場合もあります。「あの人は私よりワーカーホリックなのに、どうして不能状態にならないんだろう？」「もしかしたら私が弱すぎる？」ところが、こういう考えが燃え尽きを呼ぶ要因の一つなのだとわかりました。

燃え尽きはいつどうやって始まるのか正確にはわかりにくいもの。だから、途中で進行を止めるのも難しいのです。「仕事がまったくできない」段階に至ってはじめて問題の深刻さを自覚するからです。多くの人はささいな先延ばしを繰り返すと罪悪感を感じます。そして怠け心を「克服」すべきだと考えます。燃え尽きにかかるほど仕事をしているならば、もう新入社員ではなくなってずいぶん経っているはずです。そうならば、人はもっと自分を追い詰めます。弱くなった心に活を入れなければと。これが間違った結論です。

次の話に進む前に強調したいのは、「診療は医師に、薬は薬剤師に」ということ。もし先延ばしにしたせいで恥をかくほどの状況におかれているのに、仕事が手につかず、仕事のことを考えるとかなり憂うつになって（仕事をしていないときは憂うつじゃない！）耐えられないくらいなら、精神科の専門医にカウンセリングを受けてみるのもいいでしょう。ここはその後に読んでいただいてもかまいません。

原因編

燃え尽きる理由一つ目。燃え尽きは仕事の量と関連していますが、期待しただけの成果を手に入れられない状況とも関連しています。水を並々と注いでもあふれなかったコップがあふれ出した瞬間の「最後の一滴」というのは、タダ乗りしている人や運のいい人に見える他人が、いわゆる「追い越し車線」を越えて追い越していくときです。羨ましく思いながらもっと自分もがんばらなくちゃと思うのではなく、そんなことしたって意味がないと無気力感に襲われるのです。いいタイミングでいい業界に入り、成長曲線を描きながら順調に働いてきた人は、過労はしても燃え尽きて苦労することはまれですが、それは成果が出ているから。だからもっとがんばろうとなる。個人の力量とは無関係に、業界の状況がよくない場合は、いくらがんばっても成果がでません。だから補償もない。もともとまじめにやっていた人なだけに周りからの期待も大きい。だからもっとがんばらなくてはならないのですが、どうしても、なぜやらなくてはいけないのかわからない、と感じてしまいます。

物質的な補償はお金で、精神的な補償は他者から認められること、その二つがどちらも足りなくて専業主婦が燃え尽きになる場合もめずらしくありません。いくらがんばってもわかってくれないという思い。でも、もうこれ以上どうすればいいのかわからないという、かすかな無力感が仕事を避けようという心理になって現れるのです。公益活動家でノクセク病院産婦人科科長のユン・ジョンウォン先生のインタビューを読むと、感銘を受けたとファンは増えても、一緒にやってみるという同僚は増えない状況にあるとき、燃え尽きが訪れるのだといいます。

また、成果に満足してもらえなかった上司のせいで燃え尽きにもなります。『バーンアウトキッズ』(Michael Schulte-Markwort著、未邦訳)という本は、幼いころから成果至上主義の人生をスタートさせた子どもたちが燃え尽きに苦しんでいるという内容です。絶対に満足させられない上司の範疇に親も入ります。褒められた子どもは、親が望む成果にさらに敏感な傾向があるそうです。完璧に合わせられる可能性がないのならば？　勉強を避けるしか方法はありません。

二つ目、組織の公正さに不信を抱くとき。自分が未熟だと判断するときは、「ちゃんと」「がんばって」解決できますが、職場での業務成果の判断基準が偏っているとはっきり確信すると、嫌気がさしてくるものです。無能な上司が順調に出世する理由は、いくら考えても役員たちとのゴルフのおかげにしか思えないなら？（類似品として学閥や縁故がある）。正当な手続きを経た問題提起が黙殺され、自分だけが被害を被るなら？　自分のアイディアが他人のものとして利用されたが、その過程を自分はまったく知らされないままだとしたら？

この段階で組織に怒りを覚え、積極的に月給泥棒になってやろうと計画するというハッピーエンド（？）も可能ではありますが、そういう人だったらもうとっくにそうやって暮らしているはずです。がんばったからこそ、組織内の不公正がいつも神経に触って疲れるのです。仕事するだけでも大変なのに、ほかの人たちはどうしているのか、いつまでも見守っているだけではこちらがもたないというもの。

結論的には、燃え尽きは個人の問題ではすまないということです。その人を取り巻く環境が相互適用した結果なのです。WHOでは2019年、燃え尽きについて疾病ではなく「職業に関連した症状」だと明記していますが、解決策としては、適切な補償やポジティブなフィードバック、仕事に対するプライド、加熱競争やゴシップを避けることなどについて言及しています。解決が容易でないことだけは明らかです。

解決編

拙書『出勤途中の呪文』(출근길의 주문、未邦訳)では、「仕事は私じゃない」「生活人としての感覚を維持せよ」と書きましたが、それがこの燃え尽きの経験から得た貴重な教訓です。仕事を「立ち止まっ」ても、大ごとにはならないもの。辞めさえしなければ、どうにかして前に進んでいく。でも、立ち止まることが怖くて、指一本動かせないようなときでも、プレッシャーしか残らない状況になるまで自責しながらもっとがんばろうとする。人間関係と仕事のある部分が完全に壊れてしまうまで。

あなた自身が残っていなければ仕事はないのと同じです。自分を守るためには、あなたを支える健全な人間関係(いつ役立つかわからない人間関係ではなく)に時間とお金をかけましょう。お願いごとがあるときばかり頼ってくる人は誰からも好かれません。職場がすべてだと思わずに、自分が長い間やりたいことはどういう性格をしているのか、どういう方向なのかを考えることもまた大いに役立ちます。方向が合っていれば、今スピードを出せなくても大丈夫。「結果的に」成功したように見える人たちのキャリアを見てみると、ぶれる時期もあれば、下降気味の時期もあった人が多いものです。

仕事がうまくいかないときは、健康や勉強に目を向けてみましょう。特に組織の人事問題が深刻なら、次の異動を待ったり、職場を移ったりする人もいるでしょう。耐えればいいのはわかっていても、その余力がないとしたら？　私はそういうときはいつも「最小限の生活」で回していくよう努力します。「モア」じゃなく「レス」で。仕事を減らして（当然だ）、SNSをやめて（他人の成果に影響を受けない）、遊ぶ代わりに休む（どこかにアップロードしなくてもいい、再充電ではなくただ心をまっさらにする時間を持つ）。

仕事がうまくいかないからといって、休息まで適当にすませてはいけません。燃え尽きを経験していない人たちは、計画をちゃんと立ててルーティンを決めて実践し、超過達成するときは超過達成をすればいいと考える。そうじゃないのです！　超過達成に味をしめると、その量を日常的なルーティンにとり入れるという愚を犯し、ある日、体が悲鳴をあげて、貯まったものをもっとがんばって片づけて、それが燃え尽きにつながるという悪循環を招きます。仕事をするのと同じくらい休むことも重要です。燃え尽きは成果をきちんと出していた人が、一定レベルの成果を出してから、その後はいくらがんばっても現状維持しかできないときに起こるのです。

こういうときは注意

仕事を先延ばしにする。自分自身であれ、周囲の人であれ、どうしていいかわからないときに仕事を先延ばしにする場合、始めようとする状態が繰り返される危険サインです。もちろん、人間は仕事よりも遊んだり休息したりを好むものですから、だいたいにおいてはいつも、いつだって、オールウェイズ、仕事はしたくないものですが、燃え尽きとしての先延ばしは異なります。散漫な状態でせわしなく何かをしているにはいるけれども、重要なことには速度も出せないまま時間だけが流れます。

あちこちに体の不調が出る。他人から見たら仮病のように見えるかもしれませんが、ありとあらゆる痛みから憂うつな気持ちになり、風邪気味なのはもちろん、ちょこちょこぶつかったりケガをしたりすることも増えていきます。物忘れもひどくなってぼうっとした状態で一日を過ごす。不眠も含んだ睡眠障害、理由のわからない頭痛や消化不良が起こる。

燃え尽きで苦労して以来、私は自分をもっとケアするようになりました。ものすごく大切にしてあげることはできなくても、危ないサインが現れたら、例えば疑い深くなったり、ひどい先延ばしをするようになったり、物忘れ（財布を置いてきたり、何かを失くす）をするようになったり、睡眠障害などがその警告サインです。だから、ほかの人たちの評価にとらわれなくていい、自ら満足できる私だけの時間に戻るために努力します。そこでミニマリズムが必要になってきます。欲望の大きさを減らすことで、もっと簡単に満足できる自分になれるからです。このすべては、かなりの羞恥心を伴う燃え尽きを通じて手に入れた教訓でもあって、あなたがどうか本書を通じて私と同じ経験をしなくてすむようにと願っています。もう一度強調しますが、診療は医師に、薬は薬剤師に。

これはすべて寂しさのせいだ

ときに人は寂しさを埋めるために仕事をし、
仕事をしていると寂しくなって、
寂しいからもっと仕事をするようになって、
そうしているうちに病気になって人との関係も絶たれてしまう。
突然、自分自身を大切にしなくちゃと思っても
すでにあまりにも多くの時間が流れてしまった。

毎日投資すべきは
自分自身（の肉体的・精神的健康）
潮が満ちては引くようにして行きかう人々の狭間で

今、私が神経を注ぐべき人たち
抱きしめて離したくない人たち
時間が流れても私を笑顔にしてくれる人たち
未来への不安を取り除いてくれる貯蓄（をはじめとする財産）

ほかのすべては、手に入れることもできれば、できないものもあるけれど
私自身がいなければ世界は消える。
自分で自分を冷遇するのはもうやめる。

人間関係の原則

自分に親切で寛大な人を尊重しよう。

気難しさを非凡と錯覚しないようにしよう。

親切は愛情とは異なる。

他人の能力がいつも自分にとって有益とは限らない。

私の才能は、誰の目にも同じように見えるわけじゃない。

愛する時間というものがある。あのときは間違っていたけれど今は正しい場合もある、今は違っても恨む必要はない。

誰にでも事情がある。それを私が理解すべきだと言う意味ではないが。

自分自身と仲良くしよう。

だめならしかたないけれど。

じゃあ、いつ休めばいいの？

私たちはいつも仕事に追われています。「私たち」と言いましたが、あなたはあなたなりに、私は私なりにできる限りのことをしようとがんばっている。燃え尽き症候群が問題になる理由は、仕事ができないからではなく、生活が回らなくなるからです（うつ症状は生活にも支障が出るし、場合によっては生活にだけ支障が出る場合もあります）。「このところ忙しいでしょう？」という言葉がありがたい挨拶のように使われていて、「最近仕事が多くて」という言葉が謙虚な返事のように聞こえます。誰もが忙しい。お金はあまり稼いでいなくても、暇な人は見たことがありません。だから生産性に関する強迫観念まで感じるようになります。一番多く寄せられる質問もまた、生産性に関するもの。「どうすればそんなにたくさんの仕事ができるんですか？」

私はまず休息のスケジュールを先に立てます。40代になる前までは、その次に仕事の予定を組んでいましたが、40代半ばになってからは、休息の後に運動のスケジュールを入れるようになりました。その次が仕事です。仕事の時間を最小限にしないと、休息時間や運動の時間はとれません。私のスケジュール管理はざっくり言えばこれがすべて。ジェシカ・チャスティン主演の『女神の見えざる手』を観ていて、目の前がくらくらしましたが、もしかしたら現代人のいう生産性自体を、映画の主人公ワシントンD.C.のロビイスト、エリザベス・スローンが象徴しているかもしれないと思ったからです。スローンは（少しオーバーに言えば）眠りません。

映画の内容は悪名高き（つまり抜きんでた実力の）ロビイスト、スローンが銃規制法案通過のために働く過程を描いています。参考までに、スローンが悪名高いといわれる理由は、法の境界を行き来し、公共の利益に反する法案も通過させてしまう敏腕ロビイストだから。彼女はお金のために働きます。ところが銃規制法案は、今までスローンがやってきた仕事と正反対の性格のものでした。果たしてスローンは何を考えているのか。

映画の後半のスリリングなどんでん返しも見所ですが、観るたびに驚くのは、スローンの仕事の仕方、生き方です。彼女はなかなか休みません。スケジュールはびっちりで、その中で完璧に装い、メイクアップし、ぜんまいじかけの人形のごとく、誤差なく人に会い、仕事を処理する。それもただの仕事じゃない、莫大なお金がやりとりされる、実力者たちを動かす（脅迫もする）仕事です。彼女は、それは優れた手腕の持ち主です。そしてワーカーホリックでもあります。ワーカーホリック、仕事中毒がどういう意味かわからなければこの映画を一度観ていただきたいと思います。

彼女は眠らないために、仕事をたくさんするために、覚せい剤を服用します。彼女なりのストレス発散法ですが、誰かにばれでもしたらすぐに弱点として利用されてしまう類のものでもあります。このすべての過程は、「無理やり」というより「かろうじて」やっているに近いように見えます。プライベートを豊かに、あるいはのんびりと過ごすために働くのではない。仕事が先で、仕事がすべてなのです。

ここからは映画の結末についての話が出てきます。

超凄腕のスローンは、仕事に人生を捧げます。問題は私がこの映画を観ていて、そんなスローンに多少なりとも魅せられたという点です。私は休息のスケジュールをまず先に確保しておく、それこそ遊ぶために働く人ではあるものの、体力が許す限り、最大限がんばって働くことにも慣れています。30代半ばまでは、海外に向かう飛行機に乗る直前まで徹夜しない日のほうが少なかった気がします。「機内で寝ればいい」。これが私のモットーでした。時間はいつも足りず、もったいなくて仕方のない資源でした。遊ぶのは好きですが、それと同じくらい仕事も重要でした。ある日、大学病院の眼科で検査を受けた帰りに、すぐに集中治療室に行くようにと言われる前までは、すべてがそんなふうに流れていたのです。

（説明するとなると長くて奇妙な経緯で）集中治療室に自分から歩いて入っていった患者とはいえ、退院してみると、お箸一つ持つのにも難儀しました。集中治療室、重患者室、一般病棟を経たとはいえ、私の体感では入院前の私はぴんしゃんしていたのに、ベッドに寝かされたまま集中治療室から重患者室に移動するときも休む間もなく電話をかけていました。会社に状況を知らせなければならなかったし、翌日の約束はキャンセルしなくてはならなかったし、週末にも予定が入っていました。しばらくの間電話をかけまくってから、ベッドを押してくれている看護師に聞きました。「重患者室では携帯を使えますか？」看護師の返事は簡単です。「そこまで元気な方はいらっしゃらないので……私もこういったケースは初めてで」。外からは元気そうに見えても、いつ何が起きてもおかしくないという診断でした。その入院以来、定期的に通院していますが（主治医の名前がよりによって私の嫌いな野球チームの主戦メンバーと同じ）、休息を最優先に、運動をその次に、仕事を最後に考えるようになりました。

それ以降、私にとって生産性とは映画の中のスローンとはまったく異なる性質のものになったのです。私の目標はいつもはっきりしています。私が生産性を高める理由は、すぐに仕事を終えて横になるためです。すっきりと軽やかな気持ちで横になるため。秀でた実力を身につけることは諦めたとはいえ、急かされているような気分にならずに座って仕事をするには、運動は欠かせません。それに運動はちょっとおもしろいところもあります。運動の強度も簡単には上げず、定期的に運動することを目標にして、気分が落ち込みやすい冬場の数カ月は、できるなら仕事はしないようにしています。積極的に。

でも、スローンは休むために働くのではない。仕事のために働きます。優秀な人だからこそ、仕事に時間を注いだ分だけ、普通の人たちでは夢にも描けないような成果を手に入れます（いけないと思いながらも観れば観るほどかっこいいと思ってしまう理由です）。人生で一度ぐらいはスローンみたいに生きてみてもいいんじゃないか？　でも、その「スローンみたいに」から「仕事」をとったら残るものは何もありません。ワーカーホリックの男性たちを描いた映画でよくあるように、仕事には長けているが、人生（または愛）には不器用な人たちの典型です。生産性は永遠に引き上げなければならない何かになってしまう。生産性を引き上げる理由は、新しく確保した時間に仕事をするため。だから終わりがないのです。

では、スローンはいつ休んでいるのか？　牢獄に入ってやっと休めるのです。そこではスマホも覚せい剤もなく、彼女が出席しなければならないパーティーもない。強制的に仕事ができない状況にさせられて初めて、彼女は生産性という呪文から解き放たれます。映画ではかっこいいエンディングかもしれませんが、現実のあなたには、もっと持続可能なやり方で仕事をしてほしいのです。生産性がつくりだしてくれた時間は余暇に、あなたにとって大切な人間関係に使いましょう。仕事ができなくなったときに、退屈だったり寂しくなったりしないように。

休暇は休暇らしく

余暇の過ごし方についても、生産性が大切だと信じている人がたくさんいます。週末に遊びに行く場所でどうやったら新たなインスピレーションを得られるか、読書からいかに学びを得るかというこまごましたプラン、さまざまな生産性のためのツールを使ったチェックアップが一般的になっています。インスタグラムやツイッター（現X）に余暇を記録する行為は、個人のブランディングの延長として受け止められます。

友人Aは小説を読む必要がなくなってからは（つまり学校を出た後は）一編も読んでいないそうです。時間の無駄だと。週末にカフェに行くときも新しい場所に行かなければ気がすみません。すでに行ったことのある場所にまた訪れるのは時間がもったいないからと。新しい経験をするとき、「この経験が自分にどんな意味をもたらすか」を考えながら経験をスタートさせるわけです。ダイアリーをデコる人は、ダイアリーにどうやって記録するか悩み、映像や写真メインで活動する人は、そのワンカットワンカットを考える。私はそうじゃないという秘訣をシェアしたいところですが、私も同じです。ただ「これをどうやったら使えるか」と考えないように努力しているだけ。

どうしたら仕事をたくさんできるのか？　よくこの質問をされますが、私の答えはいつも同じです。働いている時間以外は遊ぶ。ここで「遊ぶ」というのは、本当に遊ぶという意味です。誰とどこでどう過ごすかを証明する理由はなく、休息している間にどんな本を読んでいるのかを誰かに知らせる必要もありません。私はSNSをやってはいますが、遊んでいる間はいっさいアクセスしません。週末旅行に出かければ時間をかけて本を読んだり、音楽を聴いたりする以外の用途でスマホを開くこともありません。

遊びついでに何かをすると考えると、遊ぶ時間も仕事になってしまいます。最初はプレッシャーはないかもしれないし、プレッシャーがない間は気の向くままでいても問題はないでしょう。余暇を自己啓発あるいは自己PRにつなげるのは1年ぐらいなら気楽にやっている人もいるようだし、5年経っても軽々やっている人だっています。でも何かを経験しているときに、目の前の状況に集中できないのならば、燃え尽き症候群（以下、燃え尽き）になるサインはすでにでています。

ほかの人の目にさらされない自分だけの時間を持つ方法を見つけるようにしましょう。その活動あるいは関係は、他人から認めてもらったり評価されたりする必要がなければないほどいいでしょう。家族とよい関係を保っている人たちが、コンスタントに何かを達成しているのは決して偶然ではありません。

休暇は「目の前の今ここに集中」する時間であってほしいと思います。登山や水泳をはじめ、体を使うレジャーがおすすめなのは、集中しないと事故になりかねないので、十分楽しめないからです。「これを活用して次のレベルにいかなくては」と常に悩んでいる状態を、休暇とは呼ばないのですから。

30代後半を過ぎると、仕事を20年近くしてきた人たちが似たようなことを口にします。仕事好きだという事実を認めるべきだと。仕事が好きだと言っているのであって、同僚が好きだとか会社が好きだという意味ではないのは先に強調しておきたいところです。仕事だって、仕事によります。

なぜ年齢の話をもちだしたかというと、仕事が自分の思いどおりにはいかないという事実を、本格的に受け入れる時期は遅かれ早かれ、誰にでも訪れるからです。20年近く働いていると、燃え尽きは一度や二度は経験している人がたくさんいます。もちろん視野には燃え尽きから生き残った人たちだけが見えている。燃え尽きで離脱して帰ってこられなかった人たちは、あなたの目の前にはいないのですから、実際にはみんなが克服しているように見えるはずです。だから燃え尽きになったら、無理やり休息を楽しもうとは考えないように。休んでみたことのない人は、「ただ」休むことを実行できません。お酒を思い切り飲むだとか、友人たちと話題のスポットに出かけるというパターンの休息は、多くの人たちが家庭を築き、家で休みたがる年齢になると、だんだん難しくなってきます。なんの悩みもないように見える人だって、実際話してみると、あれこれ心の中は悩みでいっぱいなのです。

十数年間仕事をしていると、仕事が自分のアイデンティティのとても大切な一部だと気づかされます。仕事が減っていく心配、引退の心配、お金の心配だけじゃありません。仕事をきっかけにした他人との関係、あるいは社会的な認知もまた、仕事がもたらしてくれた財産です。つまり、仕事がなくなったら、私自身をなんと紹介すればいいのかまったく思い浮かばなくなっているわけです。いわゆる仕事の延長としての人間関係が余暇活動にもすべてつながっていると、この問題はもっと深刻になります。業界を離れてからも業界の知人たちと付き合うような関係なのか？　そうじゃないなら仕事を辞めて残る人は誰で、自分は時間をどうやって使うつもりなのか？

余暇を生産性の観点でとらえると、燃え尽きになった後にどんなことをしてもまったく回復の兆しが見えない現象も発生します。口では余暇と言っているものの、実際にはずっと何かをつくるために努力している途中だからです。「この経験をどうやって活用するか考えないようにしよう」と思わないと、考えてはいけないとも思わないまま、ただ時間だけが過ぎます。そうしてぼんやりと気づくのです。

自分は休み方がわからないんだ、と。

他人との交流はネットワーキング、週末はアイディア集め、ＳＮＳアップロードはブランディング。こうしたパターンで過ごしていると、目的をもたずに休むこと自体をそもそも忘れてしまいます。そして仕事を始めて10年が過ぎてみると、それぞれの分野の成長の勢いは鈍っていて、新たな試みにトライする余暇なしには仕事も生まれなくなっている。単純に考えてみましょう。マラソンを走るなら100キロマラソンのように走ってはいけません。能率にこだわらない時間をしっかりと確保するべきです。ほかの人たちに知らせなくても、すごい方法で伝えなくても、自ら満たされる時間をつくれるようにしましょう。

肉体疲労は虫眼鏡のようにすべての問題を拡大してしまう傾向があります。だから、しっかりと休ませてあげるべきです。でも休めというと、「どうやって休むのかわからない」という人たちが意外にも多いもの。休むというのは、「する」行動ではなく「しない」行動です。何かをしなければならない状態をなぜ休息と呼ぶのでしょう。勤勉な現代人ならば、インスタグラムに載せる写真のない一日こそが、ちゃんと休んだ一日です。

明日の私と1年後の私と10年後の私

私がいつも目標にしていることについて話してみたいと思います。

私たちは日々、忙しさに追いかけられるようにして生きていて、大切なことを見逃してしまいがちです。私だけではないはず。真夜中の暗闇の中でスマホを観ていて視力が低下し、急ぐあまり食事も適当に味の濃いものですませて、一生薬を飲まなきゃならなくなって、急な仕事が山積みで一日一日を過ごしていると家族との距離も遠のいていく。そうしているとある日、ふと我に返る。自分の力で我に返るケースはそうありませんが、だいたいが外部からのショックで気がつきます。一番大きいのは失職、事故、健康悪化といった問題によってです。私たちをあんなに焦らせていたものは意味を失い、突然一人残される。苦痛そのものでしょう。苦痛は人間を一人にさせる。どんな苦痛も他人とは分かち合えません。分けようとすることもできないし、他人のこともまた、理解しようとしてもできないもので、私たちはみな苦痛の中で一人になるしかありません。そしてその瞬間になってやっと、年配の人たちが繰り返していたある言葉を理解できるようになるのです。わかりきったことだと思っていた言葉たちが意味を持つようになります。そして突然、新しい人生を生きるんだと誓いを立てます。人生の半分で健康上の大きな問題を抱えた人たちは、ある日突然、自己中心的になったり、急に利他的になったりします。

気をつけていないと、目覚ましの音だけに反応して生きるようになってしまいます。急ぎの仕事にばかり応えているうちに、大切な時間をすべて使い切ってしまいます。1年後、10年後を見つめて、そのときの私に捧げる時間を手に入れるために、時間とお金を使ってはどうでしょうか。このとき、身近な人たち、愛する人たちは、なによりも優先されます。

5

キャリアの次を準備する方法

仕事に求められる私になろう

キャリアがどれくらい続くのか、どれくらい長く今の状態で続けられるのか、はじめから予測して細かい計画を立てるのは難しいものです。いや、計画は立てられてもそのとおりにはいきません。私たちにできるのはまず始めた仕事に慣れることで、その次に慣れた仕事をさまざまなやり方で再解釈していくこと。自分の仕事の力量を高めつつ、業界での評価を得ていくことと言えるでしょう。

どんなタイプの仕事なのかによって、会社の業務の延長や拡張が可能な場合もあれば、そうでない場合もあります。ここでは拡張が可能な場合を中心に見ていきましょう。

仕事を探してまわるのではなく、仕事があなたのところにやってくるようにしましょう。

今の仕事を広げていく形で新しい仕事をするとき、求人、求職欄を見て応募する場合もなくはないのですが（アルバイト、あるいはフリーランスの募集を探してみるという意味）、現業がある状態で専業アルバイト、あるいはフリーランスのように働くのはほとんど不可能です。その代わり、勤続年数が長くなるにつれて得られるメリットを活用します。つまり、キャリアを積んでいる間に、あなたの会社にも退社していった人たちがいたはずです。系列会社に移る人もいるでしょう。遠くまで出かけてわざわざ人脈をつくらなくても、あなたの同僚たちが「元」同僚となって、それが自然に「業界の人脈」になるという意味です。彼らがあなたの仕事処理能力を信頼してくれるなら、彼らは「スピード力」のある「助っ人」が必要なときに、あなたに連絡してくるはずです。

私の場合、今みたいにいくつもの仕事を始めるようになった特別なきっかけがあるわけではありません。ドラマチックなターニングポイントがあったというより、一度始めた仕事の縁が切れないようにと努力したというのが一番大きいと思います。一度一緒に仕事をした人から再び連絡がくるようにしよう。これがすべてです。一度原稿を寄稿した媒体からまた依頼がくるようにしよう。一度ゲストとして呼ばれたラジオ番組でレギュラーコーナーを持たせてもらえるようにしよう。コラムの連載を始めたら次の改編までは生き残ろう。

私はたゆまず、長く働くことが目標です。もし計画を立ててそのとおりにできる保証があるならば、30年後も働いていたい。そのためには息を切らして走る代わりに、毎日のことを毎日やればいいのです。あなたが立てられる戦略は、ほかの人も立てられます。あなたのプランはほかの人の目にも見えているという意味です。でも、たゆまず続けることが戦略ならば、それはいつしかその人の働く態度になります。これからもずっとこの業界でサバイブしていく人を雑に扱う人はいませんから。

「この仕事だけは絶対にやる！」という提案方法

会社の内外で、共同プロジェクトにお声がけいただくことがよくあります。断るものもあれば、承諾する仕事もあります。

判断基準をお金にすれば決めやすいと思う人もいるでしょう。「断れない」額のお金ならば、あなたはどんな仕事もできるでしょうか。究極の選択ゲームなどでもよく出てくる、「大金をもらう代わりに1年牢獄で暮らせるか」と問われたら、あなたはどう答えるでしょうか？　もしかしたら「できる」と答える人もいるかもしれません。

私が仕事をするかしないかを決める方法は、いくつかあります。

一つ目は、労働の対価がきちんと支払われる場合。金額は仕事の内容によって変わってきます。そんなに衝撃的な額を受け取ったことはないので、お金のために魂を売るような気持ちで仕事をしたことはありません。

二つ目は、私の追い求める価値観に見合っているかどうか。毎年、中学・高校でなるべく講演をするようにしています。講演は会社員として有休も使えます。生徒たちは授業中に講演を聴くわけですから、退勤後では遅すぎます。家からかなり離れている場所に出かけることも多々あります。講演料もまた安い。それでも書き方や話し方がなぜ重要で、どうやって身につけられるのかについて直接話してあげられる機会は大切な仕事です。しょっちゅうできることじゃない分、なおさらそう感じます。

三つ目かつ最も重要な理由は、私がその仕事をすべき理由がはっきりしているときです。少なくとも、共同プロジェクトを提案してきた人が私を「どう使おうとしているのか」については、明確な理由があったほうがいいと思っています。ときどき、私がどんな仕事をしているかもよく知らないまま、人づてに「なかなかいいらしい」という噂を聞きつけて、漠然とした内容で連絡をしてくる人がいます。こういうときは、だいたいが私じゃなくてもいい仕事です。そういうときの提案の内容を要約すると、

「どなたかよく存じ上げませんが、お上手だとうかがったものですから、やり方はお任せしますので〜〜」という具合なので、あえて私がやらなくてもいい仕事だと判断します。私になぜ連絡をよこしたのか、私にどんな仕事を期待しているのかについてクリアに説明できる担当者からのコンタクトならば、私も改めて考えてみます。そしてたいていの場合は、承諾します。

最後に、キャリアを積んできてなにより大切だと思うのは、「やってみたことのない仕事」の提案は受け入れるという原則です。経歴が長くなると、自分が何をすればいいのかほかの人が先に教えてくれます。私が仕事をうまくやり遂げるのは当たり前で、成果がでなければ相手は相当がっかりします。パターンが見えてしまうと、予測可能だからという理由で次のチャンスがなくなってしまう場合もあります。でも、やってみたことのない仕事をするときは違います。提案する人も、仕事に着手する私自身も、やってみたことがないのだから、成功する可能性を低く見積もってその代わりにプロセスにおける綿密な準備や楽しさを重要視します。こうした機会はできるなら逃さないでほしいのです。私の中に新しい可能性を見つけてくれる人には感謝です。

ベテランの新しい組織への適応問題

経験者の転職とネットワーキング1

入社10年目以上の経験者が転職するとき、「知り合い」の重要性はいくら強調してもしすぎることはありません。その人が仕事を紹介してくれるという意味ではないことを先に断っておきます。

言い換えるならば、勤続10年未満の年代の人ならば、あなたの価値はだいたいの場合において動けば動くほど上昇します。カッとなって、あるいは理由もなしに会社を辞めて、ちょっと旅行に出かけてからでも新しい仕事は見つかるでしょう。知り合いがいなくても求職はなんとかなるはずです。入社2年目から7年未満の経験者はその中でも特に重宝されます。仕事のできる人材として見てもらえるからです。実際に仕事をしてみると、必ずしもそうとは限らないと知ることになったとしても、です。業界の内外でよくある転職スカウトを受けると、キャリアを積めば積むほどいいことが起きるように感じられるのもまた、事実です。

15年以上あるいは20年以上のキャリアのある人の転職になると、話は完全に変わってきます。老いた人には新しい技術を教えられない（You can't teach an old dog new tricks.）という言葉があります。本人の感覚とは関係なしに、中年になると、活気あふれる仕事ぶりを期待する人は少ないものです。あなたが入社3年目のときに見ていた15年以上、上の先輩たちを思い出してみましょう。尊敬できる人たちもいたと思いますが、だらだら仕事を続けているだけのように見える人も少なからずいたはずです。高齢化社会を迎えて定年を延長するかどうかといった声も聞こえてきますが、定年を迎える前に斜陽産業になる業界だってあるかもしれません。ある日突然、あなたは就活が必要になって履歴書を書くはめになるかもしれないのです。

結局、依頼する側は、あなたの（適応）可能性を信じて仕事を任せる以外にありません。中年以上の会社員の大半は、年俸が高いうえに忍耐力も人並み以上だから、一度間違って採用してしまうとチーム全体にその負担がかかるので、一緒に仕事をできる人なのかどうかについてはより慎重に考慮せざるをえません。一緒に働いていた人たちに評判を聞く「レファレンスチェック」も、もっと細かく複雑になります。あなたは長い間働きながら、成果と同じくらいたくさんの失敗もしてきたはず。多くの人たちとスムーズに仕事をしてきた分、敵もたくさんつくったはず。そうした彼らが、あなたについて喜んで話をし始めるわけです。

適応問題はあなたにとっても重要な問題です。あなただって適応できない組織に無条件に入って、周囲の空気を読みながら小さくなっていたいはずはないのですから。転職しようとしている会社、あるいは業界ですでに働いている人が周りにいたら、いろいろとアドバイスをもらえるでしょう。これがネットワーキングの力です。その人が仕事先を紹介してくれる必要はありません、でも、その人があなたの経歴や才能、性格がその業界で働くのに向いているかどうかを話してくれる可能性はあるでしょう。採用募集要項ではわからない、その会社の内部事情なども教えてくれるかもしれません。

例えば、中堅以上のキャリアの人が転職で経験しがちな悪夢にこういうものがあります。チームスタッフの集団退社以降、新たに急遽つくられた組織のリーダーとして入社する、あるいはチームスタッフたちがリーダーを追い出した後の後任リーダーとして赴任する場合です。その組織について知っている人が周りにいないと、どんなことがなぜ起きたのかを把握できないまま、「妙な雰囲気」の中で、誰かが教えてくれるまで空気を読めない人のごとく存在しなければならなくなります。

あなたが持っている人的ネットワークは、最悪を避けるのに役立つか、最悪だということを知っていながらその道を選ばなければならないのなら、最悪の事態への備えになります。

韓国は年齢への偏見が能力主義よりも勝ってしまっていて、深刻な状態だと感じることが多々あります。そのため、一緒に働く人たちがその業界で長く仕事をしているならば、その人たちを通じて転職や転業についてさまざまなアイディアを得られる可能性もまた大きくなります。人々が、あなたが思いもしないようなもので思いのほかたくさん稼いでいる場合だってあります。そういう言葉で誘惑してくる人が詐欺を働いているのかそうでないのか調べるにも、誰か周りに尋ねられる人がいると心強いものです。引退後も私たちは人間関係の中にいなければならず、そのときは現役で働いている近しかった人よりも、よそよそしい仲だったけれども似たような時期に似たような立場で引退した人たちのほうが気軽に付き合えたりもするのです。

私は社交的な性格ではなく、人見知りも激しいタイプです。だからなおさら人間関係は大切だと思っています。人が好きだから、そういうことに慣れているから、という理由から、人間関係の重要性を強調しているわけでは決してありません。

あなたが持っている人的ネットワークは、
最悪を避けるのに役立つか、
最悪だということを知っていながら
その道を選ばなければならないのなら、
最悪の事態への備えになる。

あなたは誰と一緒に言及されるか

経験者の転職とネットワーキング2

若手社員の人脈は、その人の企画力と関連している場合がよくあります。言い換えれば、新しい企画に適合した人のプールを企画案に書けるかどうかということでもあります。その人たちと必ずしも知り合いでなくてもかまいません。あなたが持っている情報の多様性とサイズが重要なのです。

ベテラン社員の人脈はまた異なります。ベテランになると、「どういう人を動かせるか」がその人の真価となります。あなたは誰と一緒に言及されるのか？　あなたが率いるチームにどういう人たちを呼べるのか（彼らはあなたを信頼して一緒に働こうとするのか）？　これは必ずしも転職に限った話ではありません。フリーランスでも同じです。一人で進める仕事もあるでしょうが、あなたがプロジェクトをまるごと一つアサインされる可能性も高いからです。仕事の単位が大きくなり、あなたに期待される役割も、あなた以外にもメンバーが必要なケースも増えてきます。

気心の知れた人たちを見つける努力と、仕事のできる人たちと交流する努力のどちらも必要ですが、もっとおすすめなのは、それぞれがより適した仕事をできるようにアドバイスしあうことです。結局は私たち誰もがうまくいったんだ、と思うようにしましょう。ギブアンドテイクした内容をいちいち記憶していると、さみしい気持ちになることも増えてしまいます。あなただって誰かの心に恨みつらみを積み立てしているかもしれません。結論がどうなるかはわからなくても、こういう時期こそ、過程で最善を尽くす態度が大切です。信頼とは、得るのは難しく失うのは一瞬の資産。チャンスがやってきたときにつかむためには、整った基盤が必須なのです。

ゆるいつながりを幅広く

それほど深い付き合いじゃない人たちと幅広く付き合おうとするのは、いつだって正しい選択です。あなたが望む「箱の外で考える」幅広い視野をもてるようにしてくれるのも、そういうゆるいつながりの人たちの場合が多いのです。彼らはあなたのライバルではないので、より前向きで積極的にコメントしてくれます。これは、人間関係を築くのに慣れている人よりも、どちらかというと慣れていない人へのアドバイスです。あなたを中心にした何人かの人たちが互いの存在を知り、仕事をするときに互いを思い浮かべられたら、それで十分。仕事をつくりだす人になれればもちろんいいのですが、そうでなかったとしても、いつも新しい仕事が進められているその周辺に存在できているのですから。

どの程度が適当なのかを推し量るのは難しい部分です。仕事をしていると、自己中心的なやり方で仕事をひっくり返す人たちに利用されていると感じることもあります。自分はひたすら一生懸命やったけれど、状況が許さなかっただけなのに、他人を利用したと誤解される場合もあるでしょう。あなたが、実際に他人を利用して良心の呵責を感じない、鈍感な人である可能性だってあるかもしれません。仕事をしていると誤解したり誤解されたりというのは避けられないものですが、少なくとも誤解が誤解で終わってしまわないようにはできます。ゆるいつながりで人間関係を維持するのはいい方法です。

私自身も、かつて他人を誤解してしまったことがあります。当時の私はさまざまな理由でちょっとナーバスになっていて、仕事で一度しかかかわったことのない人が仕事の処理を誤ったと思い込んでいました。時間が過ぎて改めて考えてみると、私が神経過敏になるあまり誤解していたことがわかったので、なんとか当時のことを解決したいと思って、その人を含む何人かと会う機会を設けようとがんばったことがあります。つまり、私も努力したのです。

ゆるいつながりは文字どおりそのままの意味なので、見栄を張る必要はありません。

ネットワーキングを目的とするとき、あなたよりもいい会社で働いていたり、あなたよりも認知度の高い人を「選んで」親しくなろうとしたりする人がいます。「自己PR とネットワーキングに狂った人」と批判される代表的なタイプがこの類の人たちです。こういう人と知り合いになると、どんな人でも疲れます。「私は自慢できるような仲間じゃないってこと？」と疲れを感じる人と、「どうして私を利用して自分の認知度を上げようとするの？」と怒りだす人が同時にでてきます。

人々がネットワーキングに否定的になるもっとも大きな理由はなんでしょうか？「私は利用された」という感覚です。有名な人、大勢に知られている人であればあるほどこうした「利用される」感覚にものすごく敏感です。必要なものだけとったら後は知らないという人間関係に長らくさらされていながら、それでも人間への信頼を失わないでいられるとしたら、その人は聖人と呼ばれるべき人かもしれません。

私の考える人間関係の大原則はたった一つ。他人をリスペクトしよう、です。誰であってもバカにしたりしないこと。あなたから見たら相手はあからさまで、見え見えで、予測可能で、単純かもしれません。あなたがそう思うのを相手は知らないわけじゃありません。いちいち訂正するのも面倒くさいとか、わずらわしいからとか、相手もあなたを愚か者だと思っていて、あなたが今は相手より有利な立場にいるからとか、どうせ重要なときも応じないだろうとか、退屈しのぎに付き合う分には悪くないから、といった理由で自分をバカにしている人と何かをたくらんだり、一緒にやろうとするのかもしれません。

相手を愚かな人だと思っているのなら、自分だけ利益を得ようとすることになんの意味があるのでしょうか。仮に相手の欲望や野心が赤裸々だとしても、それはその人の特徴であって、バカにしたりするようなことではないはずです。

人が自分はバカにされたと感じる行動には、いくつかのタイプがあります。その一つは自分が必要なときにだけ連絡してきて、相手から連絡がきたときは適当にあしらう場合も含まれています。私はそういう人たちとは付き合わないようにしています。いくらささいなことでも、お願いごとをきいてあげるのは好意の証。小さなことにいちいち恩を着せるという意味ではありません。自分が必要なときばかり連絡するパターンは、信頼を損ないますよ、ということを覚えておいてほしいのです。

でも、「お願いごとをする」のは関係をつくるのにはいい方法でもあります。私は「お世話になる」という言葉を使ったりもしますが、適度にお願いしたりお願いされたりするのは、感謝を表現する「次」の機会を約束できるという点でも、人との付き合いを始める地点としてはいいと思います。つまり、お願いすること自体が悪いのではなく、一方的にお願いばかりしたり、お願いをきいてもらったり、関係を切ったりすることが問題なのです。

最後に、私の知るナショナルチームクラスのネットワーキング選手たちが共通して持っている趣味をご紹介します。ＬｉｎｋｅｄＩｎを含む、業界の人たちの動向を知れるさまざまなサイトやアプリ、ＳＮＳのチェックを生活に取り入れるやり方です。求人求職の動向を趣味代わりに毎日チェックし、誰がどんなポジションに移ったのかアップデートする。これを仕事でやるとなると、自分よりもうまくいっている人に関する情報のせいで誰だってストレスを感じるものです。でも、そもそもネットワーキングが上手な人たちというのは自分の能力を信じているので、大きなストレスを感じることなく業界の動向を探っていきます。国内であれ海外であれ、見知らぬ人と会っても、知り合いの名前を二人ぐらい口にするとあっという間につながれる人たちだけあって、サバイバル能力もまた高い人たちです。成功したい分野の現況をきちんと把握し、変化をアップデートするのを趣味にしてしまうというのも、なかなかの方法というわけです。

あなたにライバルはいるか

ネットフリックスのライバルは睡眠時間だそうです。あなたのライバルは誰でしょうか？

似たようなシリーズでは「私のライバルは自分自身」だとか、「時間が僕のライバル」といったものもあります。たしかにどれもそのとおりでしょう。でも、本当の「ライバル」があなたにはいますか？

ライバルはストレスの原因とも言われますが、競争相手がいてその数が多ければ多いほど、あなたが働いている業界は市場規模が大きいという意味でもあります。だからフリーランスならば、「一緒に言及」される人たちが何人かいるほうがむしろ安定的とも言えるでしょう。

世の中には自分よりも優秀な人がたくさんいます。

自分とは異なるやり方で成果を出している人たちはどうでしょう？　自分を除いたすべての人がそうだと言えるかもしれません。

自分よりも年上の人はある日突然、影響力のあるポジションにつき、自分よりも若い人はある日自分よりも仕事のできる人になる。今あなたと競争関係にある人に神経をとがらせなくても、あなたがその仕事をするときに影響を及ぼす人はいくらでもいます。

ライバルとは少し違う意味で、わけもないのに憎らしい人もいます。その人が断った仕事をあなたがやるときもあるし、あなたが断った仕事をその人がやることもあるでしょう。こういうとき、先に断る人になろうと執着する人をときどき見かけます。あなたが先に断るからといって、その人よりも優秀だという証明にはならないし、その人がちょっと苦労しているからと、ああだこうだ言う必要もありません。ただその人はその人の仕事をすればいいのです。あなたはあなたの仕事をすればいい。お互いに攻撃したところで、見物人におもしろがられるのがオチというもの。こういう類の相談をされると、私はまず、神経質になったり陰口をたたいたりせず、けんかをしかけたりしないようにと言いますが、そのたびに、自分がおせっかいおばさんになったような気分になります。でも、キャリアが長くなり年齢を重ねるにつれて、ライバルとしてでもいいから、誰かが現役で残っているという事実に慰められる日がやってきます。自分一人だけが成功したところで、おもしろくもなんともないのですから。

一人で仕事をする人の同僚

一人で仕事をするフリーランスに同僚と呼べる人はいないと思っている人もいるでしょう。同じ業界の人、正確には同じポジションで働く人たちはライバルにすぎず、仕事への悩みを分かち合い、人脈をともに広げていくのには適していないと思われるかもしれません。

でもそれは誤解です！　彼らはライバルではなく、あなたの同僚になれるのです！これは断固として言いたいところです。実際にも、ライバルのように見える彼らと頼もしい同僚になるケースがないわけではありません。私自身も同じ仕事をしている社内外の人たちの中に、誰よりも信頼している人たちがいます。けれども、いつもそういうわけにはいきません。ライバルという構図から抜け出して、一緒に仕事をしてみようとしていた人たちに利用されたと感じて関係が途絶えてしまったというケースも、いくつも見てきました。

あなたの周囲の人たちがどういう人なのか、あなたはどういう人なのか、私は知りません。でも一つだけ確かに言えるのは、「同じ仕事をしている人」ばかりが同僚だと思う必要はないということです。あなたの仕事に関心を持っているクライアントや、ほかの業務を担当している他部署の人も同僚に入ります。あなたの仕事に関心を持ち続け、互いの近況をフォローアップする人たちは、あなたが新しい仕事を始めるときに快く応援し、ときにはあなたの仕事に新たな視点をもたらしてもくれる存在です。

あなたは一人じゃありません。

プロジェクト単位で仕事をする人たちへ

契約職やフリーランサーを3カ月から半年、長くて2年単位でプロジェクトの人力として採用するケースが増えています。チーム単位で仕事をするわけですが、社内の正社員で構成されたチームのように互いの仕事に干渉し、積極的にフィードバックする傾向はなかなかないのがこうしたプロジェクトの特性です。それだけ自由でもあるわけですが、自分のパフォーマンスについての正当な評価もまた得られにくい。なぜなら、プロジェクト単位で働いている人たちに満足できなかった場合は、次回採用しなければいいだけの話だから。一緒に働くメンバーもプロジェクトごとに変わってきます。

仕事をする立場でもこうした経験が増えていくと、一定以上の能力を注がないやり方になっていく傾向があります。七割の力を出せばいいとなるわけですが、これは必ずしも悪いことばかりじゃありません。期待されるものよりよい結果を出せば、次もまたそれと同じくらいの結果を期待されますが、受け取る報酬まで改善されるわけじゃありません。とても運がよければボーナスが出る場合もあるでしょうが、せいぜい食事一回で終わりのことも多いもの。しかも、七割のパフォーマンスとはいってもプロジェクトの進行中は常にスタンバイ状態なうえに、もっと大きな問題は予定の日程を過ぎても追加費用はもらえないまま進行するときです。フリーランスならば一度に、5、6個のプロジェクトを同時に抱えているケースもめずらしくありません。会社員でも担当業務は一つとは限りませんが、最低限、所属しているチームの人たちと一緒に対応します。フリーランスは案件ごとにそれぞれのチームで対応しなければなりません。今回の仕事はスムーズに進んでいたのに、担当者が変わってから仕事の依頼がこなくなったなどという話もよくあります。

仕事をする立場でもっとも残念なのがこの部分です。今回のプロジェクトで成長したところを、次のプロジェクトにも適用させて成長した姿を認めてもらえないからです。どこから来て、どこへ行くのか、相談する人もいません。相談しても表面的なアドバイスしかもらえない場合もあります。

私ができるアドバイスは、単純でありながら難しいものです。

まず一つ目。情報と情緒を分かち合える人たちをつくりましょう。たくさんいなくてもかまいません。できるなら似たようなスタイルで働いている人たちとつながるために努力してみてください。似たようなスタイルで働くというのは二つの意味があります。同じ業界か、同じ雇用形態。同じ業界の人たちと付き合うことにオープンマインドでフレンドリーな人たちがたくさんいる業界もあります。その業界に属した人が多ければ多いほど、オープンマインドの人を見つけやすいでしょう。でも、業界が狭ければ狭いほど（韓国のすべての業界従事者は「この世界は狭い」と言いますが、そういう主観的な面ではなく従事者数でわかる部分）業界の外で人と付き合うほうがいいでしょう。

電話一本で会える距離の友人たちを確保しておくのも大切です。社会生活をして10年ほど過ぎたころから友人たちと地理的、時間的に距離ができやすくなります。友人やあなたが会社の近くに引っ越したり、結婚したりして忙しくなったり、あるいはまったく別の地域や国に移住したりしてしまう。彼らとは相変わらずオンラインで親しくやりとりしているものの、会って顔を見てご飯を食べながら気楽に話をできる人を探す努力も怠らないでほしいのです。仕事で知り合った人たちと戦略的にネットワーキングを兼ねた社交活動に積極的な人もいます。そうやって付き合うことが楽しければそれもいいでしょう。でも、仕事でかかわった人たちとの付き合いに疲れたり、気をつかったりしていると感じるならば、あえてがんばらなくてもいいのです。知り合いだからと仕事を受注するケースもないわけではありませんが、知り合いだからという理由で依頼された仕事は、付き合いがなくなるとそれ以上は続かなかったりするものです。

二つ目。一人で働いている人ならば、プロジェクトが終わったらレビューをする習慣を持つようにしましょう。仕事を受注したときに予想した所要時間と報酬、報酬の支給日（支払い日が守られているか）、担当者の名前と所属部署、一番大変だった部分などを振り返っておけば十分です。問題を繰り返さないようにしようぐらいの心構えで。「修正要求」の多い仕事なら、次からは修正回数を決めておいて、仕事を受注する際の原則をつくることもできるでしょう。レビューにあまりに時間をかけるとすぐにくたびれてしまいます。次の仕事を受けるかどうかの判断基準にあたる5つ程度のポイントにしぼって整理し、次の仕事に向かいましょう。

自己PR地獄

ある日ふと、あなたは考え込みます。

あなたと似たようなキャリア、あるいは経歴をもった誰かを思い浮かべます。その人は（あなたから見ると）仕事もしていないわけじゃないものの、それより自分をアピールすることに積極的なほう。具体的な例をあげるならば、その人のインスタグラムを見てもらえばわかると思うと言いたいぐらいです。その人はいつも誰と一緒にいたのか、どんなヒップな場所に行ったのか、といった話をハッシュタグをめいっぱいつけて投稿しています。アシスタント的な立場で参加したプロジェクトでも本人がリーダーだったかのように書き、会社の内部で（あるいは業界内で）人々が集まっているような席があれば、いつだって顔を出すのを欠かさない。今までは、まあそういう人もいるだろうぐらいに思っていたのに、アピール活動のせいか人々がその人をいつも高く評価するような気がするのです。それも、まあいいとしましょう。でも、あなたがやりたかった仕事を堂々とさらっていった瞬間。もう我慢ならなくなる。私も自己PRしなくちゃなのかな？　今度は深刻に悩み始めます。あなたは突然セルフ広報文をインスタグラムに載せます。けれど人々はなかなか反応してくれません。無駄なことをしたと思います。ちょっとインスタグラムを休みます。そしてまた不安になってある日突然あれこれフィードをあげてみる。この繰り返しが永遠に続くのです。

PRで食べているといっても過言ではないエンタメ業界で働いている知人がある日、ストレスでマーケティングのアカウントをすべてミュートにしたと言っていました。すると、やっとSNSが「ただの」退屈しのぎのための空間のように感じられるようになったそうです。最初は好きなことを好きだと言ったり、今日は何を食べたなんてことをつぶやいていたSNSが、いつのまにか仕事の延長になっています。

みな自分ができることをできる方法でやっているだけ。自分と縁遠い人についてならばそう考えるのも簡単ですが、自分のよく知る同僚や周囲の人のことになると、うがった見方をするようになったり、しまいには猛烈なストレスを感じるようになったりする人も少なくありません。彼らの暴走はＳＮＳのセルフ広報（のようでそうではないセルフ広報文）の暴走につながっています。そのうえ、他人の成功を自分たちのスピーディーなＰＲのおかげだと言い出す人まで出てくる始末です。

自己ＰＲも要領です。認めたくありませんが、実際にはそうなのです。でも、どんなやり方であれ、実際の努力や手腕がなければＰＲだけが一人歩きしてしまいます。自分が受け取るサポートを過小評価し、他人が受けるサポートを過大評価してはいけません。隣の芝生は青く見えるからと、不平ばかりもらしていてもだめです。成果を出している人の自己ＰＲは、いつだって成果の出ていない人の自己ＰＲよりも露出が多いもの。あれは完全に自己ＰＲだと、小細工だと信じだした瞬間、あなた自らが呼び込んだストレスに足を踏み入れるはめになるのです。

あなたと同じように、ほかの人だって自分のやり方で真剣に仕事をしています。もっと自己ＰＲが上手な人だっているでしょう。でも、誰がもっと自分を磨き続けていけるかは別の問題です。一瞬のＰＲでけなすようなことではないはず。だから「ある日ふと」考え込んで、わけもなく悔しくなって落ち込むことだけは禁物です。

つまりはこういうこと。私は、自分がすごいと言いたい。いやそうじゃない。すごいとまでは言わないまでも、仕事はけっこうできるほうだと、そんな自分について知ってもらう必要があります。

個人のブランディングの世界で驚くほど目立ちたがりの人ですら、「私は○○に比べると全然消極的すぎる」などとため息をつく姿をよく目にします。SNSをしている人ならば、いつだって他人の攻撃的な個人ブランディングにさらされていると感じるからなのでしょう。私も、自己PRをすべきときとそうでないときをある程度区分して対処しています。

必要なときは、はっきりと自慢しましょう。

最近ではＮｏｔｉｏｎで履歴書や経歴を管理する人も増えています。今すぐ転職の予定がなくても、履歴書や自己紹介書、あるいは経歴書を一度整理しておきましょう。自分のために整理しておくのもいいでしょう。自慢できるところは、はっきりと強調します。特に就職や転職のための履歴書や自己紹介書を作成するならば、あなた自身をアピールするのにこれほどよい機会もありません。自慢できる瞬間を言語化、文書化してみると自分の経歴で枝打ちする部分、強調する部分などがわかってきます。そして、今後どういった方向に進むべきかのヒントも得られるはずです。

自画自賛は苦手というのであれば、友達を助けてあげると思ってみましょう。自分で自分を褒めるのはいくらがんばっても恥ずかしくて無理というのであれば、あなた自身をあなたが好きな、実力はあるけれどＰＲの苦手な別の人だと思ってみるのです。その人にはどんな長所があって、それをどう知らせればいいか、誰かを助けると思って工夫してみましょう。そこまで好きな人もいなければ、こうした観点の転換も役に立たない場合、今からでもほかの人に関心をもって他人の長所を見つけて褒める練習をしてみるのもおすすめです。私たちは職業だけを持って生きているのではなく、関心や愛情も持って生きているのですから。

自分ができる分だけやってみましょう。

SNSに自分のPR記事をあげなければならないとき、どう書けばいいのかプレッシャーを感じてしまって、結局何もできないケースもよくあります（私のこと）。上手に書ける人たちも、実際に会って話を聞いてみるとみな苦労しています。ただ自分にできる表現と長さで書けばいいのです。自分がやった仕事へのPRは、結果的にアーカイブでもあるということを忘れないでいましょう。後で自分がいつ何をしたのか、自分のSNSを見るだけでもわかるのですから。こうしたマインドで少しずつ書き残してみるのも一つの方法です。

（どうせ自己PRをするのなら）泣き言はやめましょう。

みんなすごいのに自分にはとてもできない、でもみんながやれというからアップするにはするけど、本当はこんなことしたくないし、ほかの人たちがあんなに上手にやってのけているのが信じられない……。

自己紹介の練習をしてください。

学生対象の文章教室の講演などをするときに強調するポイントの一つです。「みなさんこんにちは。私は○○です」で始まる、いわゆる名前を言いながら本人について紹介する文章を、笑ったりつまずいたりせずにリラックスし、かつ自信にあふれた態度で言えるように繰り返し練習しておくこと（学生たちに面接の話をするときは、自己紹介の内容を練習させるようにしています）。文字で書いて声に出して読み、口に出して発音しにくい部分などを直して、なめらかに言えるようにしておきます。その次は、暗記して録音ですが、なかなか覚えられない部分はやはり記憶しやすい表現に変えて録音します。面接のときは緊張してしまって思い出せなくなる場合もあるので、記憶が「流れ」にのって出てくるように工夫したいところです。ほかの人に会って自己紹介するとき、名前だけを言う場合もありますが、こういうときですら練習しておけば緊張せずに伝えられます。私は別の言語を話す人たちにとっては発音しにくい名前を伝えるときのために、簡単な名前の説明も用意してあります。初めて挨拶するときはあえて長々話す必要はありません。

なるほど、よくわかりました、でも、もしかしてダへさんて……空気読めない人だったりして？

これは自己ＰＲに慣れた人たちのためのアドバイスです。人々は自己ＰＲが強い人のことを詐欺師のように感じる傾向がなきにしもあらず。あなたの隣に控えめな人がいればなおさら相対的にそう感じやすいかもしれません。こういうとき、謙虚な人を褒めたたえておきながら、「こうやって努力してＰＲしている私」をいつまでもアピールしていると、周辺の人たちの言葉数は徐々に減っていき、誰もがその場にいることに疲れを感じるようになります。自己ＰＲは自分の番が終わったら、その次はほかの人に関心を向けましょう。いつまでも「私が！　私が！」とやっていては、自己愛が強すぎると思われるだけで、それ以上の信頼を得られない場合もあります。

みな自分ができることを
できる方法でやっているだけ。

あなたと同じように、ほかの人だって
自分のやり方で真剣に仕事をしている。

一緒にするかしないか決める方法

何かをするかしないか決めるとき、金額だけを見て決めるならまだまだアマチュアです。仕事を受けるときに考えるべき価値を、全部で４つあげてみましょう。

①お金
②ネットワーク
③キャリア
④時間

お金はいつだって今すぐ重要ですが、ネットワークやキャリアは未来の価値になります。

時間も同じく大切な価値。多くの人は仕事を終える段階に入ってやっと、これは（受け取る予定の100万ウォンではなく）本当は300万ウォンもらわないとならない仕事だったと気づく場合が多々あります。やられた、とがっかりするフリーランスのやるせなさはここからくるのでしょう。毎日忙しいのにお金にならない仕事ばかりで、そのうえ支払い予定日すら守られず、こちらから催促の電話をしなければならない。内容証明を送るときなぞは血の涙が出るというもの。

仕事を終えたら、次の事項を中心に仕事とクライアントについて簡単に整理しておきましょう。はじめは何が何かわからないかもしれませんが、経験を積むにつれてラインがはっきり見えてきます。こうした過程を経験していくと、最初にオファーのメールをもらった瞬間に見積もりが出てくるようになります。

お金：1．信頼できる取引先なのか（支払い日を守るなど）。2．金額は合理的に策定されているか。3．材料費や準備費用などを含むと、自分が実際にこの仕事を通じて得られる利益はどれくらいか。

あなたがフリーランサーならば、報酬が高くなくても「定期収入」になる可能性がある仕事ならば、なるべく引き受けたほうがいいでしょう。決まった日に決まった額が入金されると、仮に金額は少なくとも不安の最低ラインは軽やかに乗り越えられるからです。

ネットワーク：新しい組織や業界からの依頼ならば一度はやってみましょう。この仕事で知り合う人たちがほかの仕事につながる可能性はあるか？　逆に、今回連絡をくれたクライアントは、いつどこで私についての情報を手に入れたのかも聞いてみましょう。自分の連絡先がどういう人たちの間で共有されているのかを知る機会です。自分がポジショニングした自分自身と実際の自分が受け入れられているポジションにギャップがある場合もあるので、一度くらいはチェックしておいてもいいでしょう。

キャリア：1．自分のポートフォリオに役に立つかどうか。2．（お金にはならなくても）自分が思っている価値に見合った仕事かどうか。

「さほどお金にはならなくても、自分を知らしめるためには役に立つ」タイプの仕事は、受けるかどうかかなり悩みます。仕事を始めてからそれほど時間が経っていないのであればやってみるほうがいいでしょう。自己PRも一生懸命やるほうがいいと思います。ある程度のキャリアを積んでレギュラーの仕事量もかなりあるのであれば、そのときは慎重に考えてみてください。「価値に見合っている」という表現は曖昧に聞こえるかもしれません。私の場合、自分が働いている業界内部の仕事のときは優先して受けます。映画祭の期間中に開かれる観客とのトークショーなどは、コストや報酬とは関係なしにできるだけやるようにしていて、高校生対象の講義などもやはり似たような脈略で1年に数回はやるようにしています。中高年女性を対象にした講義もしかりです。移動に時間がかかる地域での仕事なども優先しています。「価値」を、仕事をする・しないの基準にすると、自分が大切にしている価値について深く考えるようになります。そして、こうしたことがポートフォリオとなって自己PRにもなるのです。そしてなにより自分自身が満たされます。

時間：この仕事にかかる時間は総じてどれぐらいになるのか。報酬に対して所要時間が多すぎはしないか（少なければラッキー）。

所要時間は経験を積めば積むほど重要になってきます。仕事をするにつれて要領も出てきますが、集中力や体力は落ちていき、あるときからは「かつての自分」ではなく、「今の自分」を基準に必要な時間を推定しなくてはならなくなります。大切なことなので二度言います。今のあなたは熟練度は高いかもしれませんが、集中力や体力はどんどん低下していいます。簡単に「今までの自分」を基準にして仕事を引き受けてはいけません。でも、見知らぬ地での仕事を旅行などと組み合わせて引き受けるのであればば？　こうした場合は、所要時間の計算にはゆとりを持ってプランしてみてもよいでしょう。

豊富な経験が逆に足かせになるとき

何事も過ぎたるは猶及ばざるが如しで。驚くことに経歴もまたそうした側面があります。実際には多すぎて問題になるのは経歴というよりも、年齢と言ったほうがわかりやすいかもしれません。年齢のせいで心配だといったら、アメリカで働く友人が「年齢差別は違法だよ」とすかさず反論してきました。たしかにそのとおりですが、韓国では相変わらず年齢のせいで曖昧になる時期があります。50代半ばを過ぎた人たちの多数が、素晴らしい経歴があっても再就職を諦める話を聞くと、自分の未来の話かもしれない、他人事じゃないと思うのです。

〈メイル（毎日）新聞〉が主催したメイルシニア文学賞受賞作の故イ・スンジャさんによる『シルバー就活生奮闘記』（『六十歳、私はふたたびサルビアの花になって』）が話題になったことがあります。冒頭は、「これは私が62歳から65歳までに経験した就職奮闘記だ」ではじまり、彼女は自分をアップグレードするためにたくさんの資格をとって努力しました。しかし就職窓口の担当者は、「履歴や経歴が華やかだと採用は難しい」と言ってきたのです。そこで資格証をすべて消して、経歴も消して、中卒の一行だけを残したのだそうです。

50代に入ったら「最近の若者の流行」をチェックして学ばないと、経験や年齢が本格的にお荷物に感じられるようになります。経験を重ねていくにつれて働く環境の個人差も広がります。立派に成功してニュースになる人もいれば、どこで何をしているのかすらわからない人もいる。比較的転職しやすい業界でもそうなのです。

少し前に50代になった知人Aさんは、大手企業のあるチームのリーダーとして転職しました。成功したプロジェクトもいくつかありましたが、しばらく健康上の理由で仕事を休んでいたので、私はこの知らせを聞いてとても嬉しかったのです。時間が過ぎて別の知人Bさんは、その会社の新しいプロジェクトについて、「部長に年とった人が入ってきて。このご時世にどうしろっていうんだろう」とコメントしていました。その言葉を言っている本人だってあと1年で50代に突入するというのに。その組織で長く働いた50代を重要なポジションに座らせる人事発令はＯＫで、外から新しく採用した50代が座るのは気に入らないということなのでしょうか？　この二人の違いはなんでしょう？　実力だけを考えるなら、私たちは経歴について話すべきです。なのに、経歴や年齢をひとまとめにして判断する場合が少なくありません。自分自身が年をとってみるまではわからないことなのに。

そうやって離職も転職も難しくなっていく。過去の自分が信じて積み重ねてきた経歴が、今の自分の足を引っ張る。他人が何か言ってくる前に自分から恥ずかしく感じる。こうした心配を私自身もするようになってかなり経ちますが（20代後半から）、やはり以前悩んでいた方向と今の悩んでいる方向はかなり違ってきています。今の判断が1年後、5年後、10年後にまたどう変わっているのかはわかりません。

でも、今わかっているのは、経験が増えるというのは視野を広げられる経験と人脈を手に入れるという意味でもあるということ。人からどう見えるかは気にせずに、持続可能性とアーカイビングという二つの側面から、今までやってきた仕事を再整備してみるのはどうでしょう。持続可能性をチェックするのは、ときに新たな井戸を掘り始めるという意味でもあり、一緒に掘る人がいるかどうか探してみようという意味でもあります。豊富な人脈を手に入れるために努力するよりも、自分と似たような環境ですでに始めていたり、今、似たような方向性を持って働いたりしている人たちのさまざまなやり方を共有できる方法も探してみましょう。

準備ばかりしている人たちへ伝えたい言葉

何かを始めるのは怖いものです。私はどんな仕事であれ、始める前に結果を知りたい欲求にかられます。うまくいくとわかっているなら全力を尽くすのに、と。すでにみなさんもおわかりでしょうが、いくら偉大な計画であっても、徹底した計画であっても、成功は保証されていません。運がよければ成功するし、運が悪ければ失敗だってありえる。それなのに、あまりにも多くの人たちが結果を予測して動こうとします。その証拠に、準備して練習しているうちに時間は過ぎていくのです。

「適性」を知りたがるのも、結果を予測するためだと言えるのではないでしょうか。本人もわからないことを他人がわかるはずがないのに、いつまでも問い続ける（私自身の話）。50努力して100を得られる分野があるなら、あえて100のために150を注ぐ必要はないではないか？　といった具合に。でも、実際に仕事をしてみるまでは才能があるのかないのかもわかりません。もっと正確には、ある程度の熟練度を手に入れるまではわからないのです。前もって想像したり、練習や準備期間を増やしたりしてもなんの役にも立ちません。

失敗もキャリアです。自分に合った仕事を探すのに失敗しても、間違った道を知ることはできます。道じゃないと思っていたのに思いがけず前進し続けるうちに道になる場合だってあります。自己実験は本を読むときや、実行が不可能な状況を仮定するときにするもの。できるときにやらずに待ってばかりいるのは、成功までの道のりを遅らせるだけです。あなたの定義する成功がなんであるにせよ。

訳者あとがき

よどまず、たゆまず、堂々と

本書は、エッセイストであり、映画専門誌『シネ21』の記者を務めるかたわら、映画専門のポッドキャストやラジオ番組のパーソナリティを務め、文章の書き方や話し方についての講演などでも精力的に活動している著者イ・ダヘによるエッセイ『仕事帰りの心』の全訳である。

既刊エッセイ『出勤途中の呪文』（출근길의 주문、未邦訳）で、社会に出て間もない働く女性のための心理を読み解きながら、できるだけ自分らしく働きたいと願う人たちへエールを送ってきた著者だが、本書では、さらにその読者対象をキャリアを長く積んできた中間管理職からリタイアについても考えるようになった世代にまで広げ、文

字どおり幅広い年齢層の働く女性読者たちに熱く支持されている。

読者から質問が寄せられる。

Q.「今の時代、本や映画、ニュース、SNSやユーチューブ、数々のコンテンツをどう消費すればいいのでしょうか？　チェックしないとトレンドに乗り遅れてしまう気がして……」

A.「自分が追いかけるべきトレンドは別にあるはず。すべてのトレンドを追いかける必要はありません。自分が知るべきトレンド、好きなコンテンツがなんなのかに集中しましょう。時間は有限です。なんでも自分が知っていなくちゃいけないと思う必要はありません」

Q.「仕事に没頭するあまり、家ではぐったりしたままです。最近、定年まで働けるのか、自分は5年後何をしているのか不安でたまりません」

A.「同世代同性の人とのつながりを持つようにしましょう。それから、20年前のやり方に固執しないこと、アップデートは必須です。自分は本当は何が好きな人間なのか思い出して。そうじゃないと燃え尽きて死んじゃいます」

媚びないストレートな語り口が魅力の一つでもある著者は、本書をはじめとし、さまざまなコンテンツで働く女性たちの職場や仕事における悩みを痛快に斬っていく。一見すると、仕事のやり方、働き方についての具体的なアドバイスのように見えるが、実はそれは、もっと本質的な自分が自分でいるための核心を伝えている。彼女が率直に打ち明けてくれる経験談や失敗談は、フリーランスはもちろん、キャリアをスタートしたばかりの社会人や入社して20年になるベテランにも、「仕事ができるのは重要ですが、仕事がすべてじゃありません」というメッセージでもって、もっと原始的な生きる底力をエンパワメントしてくれる。ワークライフバランスなんてものは本当に存在するんでしょうか？　そもそも本気で仕事をしていたら難しくありません？　だったら、自分が本当に集中したいものがなんなのかわかっていればそれで十分だと思うんです、そしてそれを見つけるには、もしかしたらある程度の時間はかかるかもしれません。でも焦らず時間をかけてみてほしい、と。

本書の一貫したテーマは一つ。どうしたら自分を見失わずに持続可能な働き方ができるのか。その答えは、自分自身をじっくりと掘り下げて見つめることにある。自分が自分にフィードバックをしてあげること。ＳＮＳや他人の評価ではなく、自分が今できることはやったと思えたらそれでＯＫなんだと、そうでなければ長くは働き続けられないと。それは決して〝自然に〟そのままでなんの努力もしないでいいという意味ではない。また、自分で自分の感情を管理できるよう鍛錬していくことも仕事のスキル同様に大切だ。なぜなら、どんなに仕事がうまくいっても、人間関係でのつまずきはつきものだからだ。

漠然とした将来への不安と心配で眠れない夜があるとイ・ダへも打ち明ける。そして、そんな夜があって当たり前なのだと。心が折れそうになったり、ぶれそうになったりするときは誰にでも訪れる。あなただけじゃない。だからこそ、自分を客観視して、健全な心と体を保ち、集中して今やるべきことをやる。自分の居場所でよどんでしまわず、長く、堂々と、自分らしく働き続けるためには、どうやらこれに勝る方法はないようだ。

オ・ヨンア

【著者紹介】

イ・ダヘ

◉——作家、映画雑誌『CINE21』の記者。著述と講演を業にしている。キャリア目標は長い間現場にいる人になること。志が合う人たちと長い間一緒に前に進むことを模索したいと思っている。CGVシネライブラリー「イ・ダヘのブッククラブ」、ポッドキャスト「イ・ダヘの21世紀シネフィックス」、ネイバーオーディオクリップ「イ・スジョン、イ・ダヘの犯罪映画プロファイル」のパーソナリティを務めた。現在KBSラジオ「イ・ダヘの映画館、チョン・ヨウルの図書館」を担当している。

◉——著書に『出勤途中の呪文』『大人になってより大きな混乱が始まった』『最初からうまく書ける人はいません』『明日のための私の仕事』（すべて未邦訳）などがある。

【訳者紹介】

オ・ヨンア

◉——翻訳家。慶應義塾大学卒業。延世大学国際大学院国際関係学科修士課程修了。梨花女子大通訳翻訳大学院修士・博士課程修了。韓国の小説やエッセイを日本語に翻訳するかたわら、梨花女子大通訳翻訳大学院、韓国文学翻訳院で講師を務めている。

◉——訳書に『ママにはならないことにしました』（晶文社）、『愛しなさい、一度も傷ついたことがないかのように』（東洋経済新報社）、『子どもという世界』（かんき出版）、『かけがえのない心』『百の影』（亜紀書房）などがある。『かけがえのない心』で2023年韓国文学「翻訳大賞」受賞。

仕事帰りの心　私が私らしく働き続けるために

2024年４月22日　　第１刷発行

著　者——イ・ダヘ
訳　者——オ・ヨンア
発行者——齊藤　龍男
発行所——株式会社かんき出版
東京都千代田区麴町4-1-4 西脇ビル　〒102-0083
電話　営業部：03(3262)8011㈹　編集部：03(3262)8012㈹
FAX　03(3234)4421　　振替　00100-2-62304
https://kanki-pub.co.jp/

印刷所——図書印刷株式会社

ISBN978-4-7612-7736-9 C0098